北宋陕北边塞诗论

樊文军 著

中国戏剧出版社
CHINA THEATRE PRESS

图书在版编目（CIP）数据

北宋陕北边塞诗论 / 樊文军著. -- 北京：中国戏剧出版社，2022.10
ISBN 978-7-104-05289-0

Ⅰ.①北… Ⅱ.①樊… Ⅲ.①边塞诗－诗歌研究－中国－北宋 Ⅳ.①I207.227.441

中国版本图书馆 CIP 数据核字（2022）第 197155 号

北宋陕北边塞诗论

责任编辑： 邢俊华
责任印制： 冯志强

出版发行： 中国戏剧出版社
出 版 人： 樊国宾
社　　址： 北京市西城区天宁寺前街 2 号国家音乐产业基地 L 座
邮　　编： 100055
网　　址： www. theatrebook. cn
电　　话： 010-63385980（总编室） 010-63381560（发行部）
传　　真： 010-63381560

读者服务： 010-63381560
邮购地址： 北京市西城区天宁寺前街 2 号国家音乐产业基地 L 座

印　　刷： 北京九州迅驰传媒文化有限公司
开　　本： 787mm×1092mm 1/32
印　　张： 7.5
字　　数： 175 千字
版　　次： 2022 年 10 月　北京第 1 版第 1 次印刷
书　　号： ISBN 978-7-104-05289-0
定　　价： 68.00 元

国家社科基金重大项目“唐代到北宋丝绸之路（陆路）上的驿站、寺庙、重要古迹与文人活动、文学创作及文化传播”（项目批准号：18ZDA241）阶段性成果。

榆林学院专著出版基金资助项目。

前　言

历经多年研究，对边塞诗概念、内涵的研究可以说已经相当深入、透彻，研究成果也很丰硕，在一些基本问题的看法上，学界也达成了共识：边塞诗歌的创作，最早在先秦时代就已经萌芽，到两汉王朝发展，再到魏晋南北朝时期完成过渡，直至唐王朝时走向成熟，并形成第一次创作的高峰时段。两宋的边塞诗歌创作继续前行，并在封建王朝的明清时期，取得了创作的再一次高峰。

对于边塞诗歌的研究，学者们主要集中在唐和清两个朝代。目前学界对唐代边塞诗歌的创作，成果最为耀眼，研究也最为透彻，唐以后，历朝历代，各家评述的著作汗牛充栋。而在宋代文学的整体研究中，大多以宋词为主，宋诗也多有触及，不过，针对宋代边塞诗歌的研究，不论是深入程度还是研究成果，与宋词相比，差距就很大了，更不用说对陕北地区边塞诗歌的专门研究了，这一现状至今仍未有显著改变。例如，对宋代边塞诗歌的研究，张廷杰从“心系边塞的报国之志，写到叙述战斗失利的伤痛之情，再写忧国忧民的赤子之心等三方面评价了梅尧臣诗歌的思想价值和艺术价值”①。

诗人处于不同的时空背景决定了诗人不同的心态和审美价值，这必然反映到诗人的作品创作中，这是非常肯定的。从后世对前代作品的品评看，在边塞诗研究品评这块，对于唐代诗歌作品的褒奖会多一些，而对宋代诗歌作品的批评则会多一些。近年来，伴随着对边塞诗歌研究的深入，学者们对宋代边塞诗也有了更多肯定的意见，如在《宋代边塞诗钞》中，黄麟书先生就全面收集了宋朝的边塞诗歌，“诗人总数有五〇五，诗目总数二三八四”，若是情况如上面所述真实可靠，那么，就边塞诗人的数量和边塞诗歌的创作数量而言，宋代是不亚于唐代的。可见宋代边塞诗歌的研究，尤其是地处农耕文化和草原文化交融的陕北地区的边塞诗歌作品、作家的研究，是亟待展开和深入的。

① 张廷杰：《论梅尧臣的边塞诗》，《宁夏大学学报》1998 年第 1 期，第 57—62 页。

目　录

第一章　北宋陕北边塞诗研究范围界定与北宋时期陕北政治军事格局

第一节　边塞诗研究现状

《说文解字》：“边，行垂崖也。”本义为将披枷带锁的犯人发配到远疆，后引申为边疆、国境地带。“塞，隔也”，意为筑在边疆的隔障。边塞，顾名思义边境之要塞，这一概念伴随着国家政权的出现而出现，是边疆地区国家政权之间、民族之间战争与冲突的缩影。边塞诗歌同战争、民族冲突融合密切相关，在北宋陕北地区更显突出。边塞诗歌的出现成为这一时期文化的最主要的产物，也是中华民族的不同民族不断融合的最好例证。

最早在西周朝的宣王时期（前827—前782），生活在周原上的周部族，就曾不断地征伐北方的猃狁部族，这是在当时陕北一带过着游牧生活的古老民族，由于常年的战争，反映这一事件的故事也就产生了很多，最多的是反映当时的征戍现实的诗歌，这成为最早的边塞诗歌。由此可见，陕北地区的边塞诗歌创作源远流长，几乎可以肯定，陕北地区是中华民族诗歌的源头之一。“边塞战争诗的起源最早可以追溯到先秦时期的《诗经》。《诗经》中的《小戎》《采薇》《出车》和《六月》等篇章，大都描写征戍之苦。”① 由此开启了后世边塞诗歌的创作。后来，屈原写了《九歌·国殇》，到汉魏乐府及魏晋南北朝时期，也有优秀的边塞诗歌诞生，如曹植的《白马篇》和鲍照的《代出自蓟北门行》等都是优秀的诗歌代表。“六朝边塞诗大多沿用乐府旧题，借秦汉北据匈奴等故事抒写靖边之思。”② 至唐宋之际，边塞诗的创作迎来历史上最辉煌的时刻，元代、明代，边塞诗的创作步入低潮，至清代，边塞诗的创作又重新达到一个高峰阶段。

自 20 世纪初伊始，学术界对边塞诗的关注开始慢慢升温。专家学者、诗歌爱好者，均有论述且成果颇丰，情况如下。

第一，关于边塞诗歌定义的确认、渊源追索的研究。“边塞诗歌”这一概念的形成，大概是在 20 世纪 20 年代慢慢开始的，这期间经历了很长时间的探索，20 世纪 20 年代徐嘉瑞先生最早在《中古文学概述》中阐释了“边塞派”的概念。自 20 世纪 80 年代以来，边塞诗歌的研究用力很大，研究也很深入，研究重点在唐代边塞诗歌，学者们就有关问题也达成了共识。即唐代边塞诗歌，究其繁盛的原因，与唐帝国当时所处的时代、地理、政治、历史、文化等大环境是密不可分的。北宋

---

① 尚永亮主编：《唐宋诗分类选讲》，高等教育出版社 2007 年版。

② 尚永亮主编：《唐宋诗分类选讲》，高等教育出版社 2007 年版。

陕北边塞诗歌就是在特殊的历史时期，政权、民族矛盾不断激化，民族战争风起云涌的产物。学界对边塞诗歌进行了专门的研究和论述，总的来说，边塞诗的概念可以从广义和狭义两方面来谈。广义说的代表人物是黄刚先生，他在《清代边塞诗繁荣原因初探》一文中，从“无限性的三原则”[①]进行了比较详细的论述，即时间上的无限性、地域上的无限性以及与战争有关的题材的无限性。而狭义的边塞诗，以北宋陕北边塞诗歌为例，即时间上仅限于北宋（960—1127），地域上局限于今天的延安、榆林地区，题材上仅限于描写陕北边塞风光和边塞生活。20世纪90年代以后，在《边塞诗及其特质新论》一文中，阎福玲先生对边塞诗歌的界定与黄刚先生的理解多有雷同，即“时间上的无限定性和地域划分上的边塞性”[②]。这一说法代表了一种较为普遍的看法。

第二，关于对边塞诗歌的特质和创作丰盛的原因的研究。自20世纪六七十年代以后，对这一问题的研究进一步深化，胡大浚先生认为：“举凡从军出塞、保土卫边，民族交往、塞上风情，或抒报国壮志，或发反战呼声，或者借咏史以寄意，或记现世之事件，上至军事、政治、经济、文化，下及朋友之情、夫妇之爱、死别之悲，只要是与边塞生活有直接间接联系的统统都归入边塞诗之列。”[③]

---

① 黄刚：《清代边塞诗繁荣原因初探》，《学术研究》1996年第6期。

② 阎福玲：《边塞诗及其特质新论》，《河北师范大学学报》（哲学社会科学版）1999年第1期。

③ 胡大浚：《边塞诗之涵义与唐代边塞诗的繁荣》，《唐代边塞诗研究论文选粹》，甘肃教育出版社1988年版。

第三，关于对诗人诗歌作品的研究。有对诗人个体的研究，如张咏、苏舜钦、范雍、王安石、范仲淹、韩琦等著名边塞诗人，以及司马光、沈括等游边诗人；有对文人入幕心理、时代精神、音乐美等方面的研究，如李善阶《论边塞诗的时代精神与历史作用》①；还有一些边塞诗歌作品集的整理研究，边塞诗人的比较研究，对边塞诗人前承后继关系的深入研究，如王步高《略论隋诗对唐宋诗词的影响》② 等。

第四，关于对边塞诗歌忧患意识和审美特征的研究。这类研究主要集中在宋代边塞诗歌的研究上，具体来讲有对宋代整个时期或者某个时期的边塞诗歌中忧患意识的研究，还有对宋代诗人边塞诗的审美情趣研究。

第二节　北宋陕北地区边塞诗研究的时限性和地域界定

由于历史太过久远，史料严重匮乏，早期对陕北地区的区域划分的界定，都是历史遗留下来的传言。据说在夏朝初年，“茫茫禹迹，划为九州”，这里的九州所指，即徐州、扬州、青州、荆州、豫州、冀州、兖州、梁州、雍州，陕北属于雍州之地。在《诗·尔雅·释地》中有“河西曰雍州”，《尚书·

① 李善阶：《论边塞诗的时代精神与历史作用》，《山东社会科学》1996 年第 3 期。

② 王步高：《略论隋诗对唐宋诗词的影响》，《吉林大学社会科学学报》1994 年第 5 期。

禹贡》中也记载有“黑水西河惟雍州”，黑水有分张掖河、光河、大通河三条的说法，其中前两条河流都在今甘肃省境内，大通河在今天的青海省境内，均为雍州之西界。西河指今天陕西、山西之间的黄河，为雍州东界。在《史记·夏本纪》中有记载：“其土黄壤，田上上，赋中下。”

殷商、两周时期，陕北地区先后被鬼方、犬戎、猃狁、白狄等西北少数民族盘踞，一直是中原王朝统治的薄弱之地。春秋战国时期，秦国统治者在雍州设置上郡、北地郡。这之后，历代王朝统治者都在陕北地区有行政区划建制，但郡、府、县、道废设无常，且屡屡变迁。甚至近代中华民国时期、陕甘宁边区时期，乃至中华人民共和国成立后的较长时期，陕北的行政区划建制仍有很大变化。陕北其实是相对陕南和关中而言的，地处陕西北部，故称为陕北。本书中所指陕北包括今天陕西铜川市北部，延安市和榆林市，西面以子午岭为界与甘肃、宁夏相邻，东面隔黄河与山西相望，北与内蒙古相接（今内蒙古鄂托克旗、伊金霍洛旗一带也在本书研究范围内），南以金锁关为界。

从地理地貌角度去看，陕北地区，尤其是陕北的榆林地区，处于鄂尔多斯高原，附近是毛乌素沙漠，是其向陕北黄土高原过渡的地带，东北方向则到处被沟壑纵横的山丘、土石所覆盖，向东有黄河横卧纵贯南北。中西部是平坦开阔的毛乌素沙漠，其南部边缘是突兀隆起的白于山、横山山脉，沟壑纵横，梁峁起伏，形成毛乌素沙漠与陕北黄土高原地区天然的军事壁垒，“北阻河套，南屏乌延，东控山西，西扼甘宁”，在历史上，一直是各路政权组织的必争之地。基于此，历代中原王朝都在这里永无停止地设置关隘、建立城堡，作为抗御西北各方游牧民族势力入侵的重要边塞据点，同时也担负着阻止少数民族政权向西北草原荒漠地带扩张的作用，而西北游牧的各部落民族首领亦把这一边塞地区作为进攻中原王朝的军事要冲，将其视为军事割据以抗衡中原王朝的重要屏障。周朝时有猃狁部族，秦汉时有匈奴部族，南北朝时有鲜卑等五胡南下，隋唐时有突厥，到了宋王朝，面临的则是更加强大的西夏和金，后来，明王朝迁都北京，直面北方蒙古和鞑靼，可以说，这一地区从来就没有安宁过。

北宋时期，陕北分别是北宋和西夏政权的控制范围。北宋初，陕北北部区域长期以来为西夏政权所控制，所以并未设置具体的郡县，而东面、北面黄河沿线则是北宋王朝与西夏政权的长期频繁征战之地。后来，北宋王朝逐渐在此设置永兴军路和河东路。永兴军路管辖坊州、鄜州、丹州和延安府，以及三个“军”，即今天定边地区的定边军，今天志丹县地区的保安军和今天绥德地区的绥德军。而坊州管辖中部、宜君这两个县；鄜州管辖洛交，即今天的富县，富县西边的直罗，洛川县东北的洛川，洛川县东南的鄜城；丹州管辖今天的宜川；延安府管辖今天延安的宝塔区，延安东南的临真等，北宋神宗熙宁三年（1070），北宋王朝收复宥州、绥州，后归入延安府辖区，以上是永兴军路的管辖情况。而河东路管辖的有麟州和府州。其中麟州管辖今天神木北部的新秦、连谷，神木南部的银城，府州则只管辖府谷县。

西夏政权在陕北地区设置嘉宁军司、祥祐军司和左厢神勇军司。其中嘉宁军司管辖夏州，夏州包括今天靖边北部的宁朔和今天榆林西部的静德；祥祐军司管辖宥州，宥州包括今天靖边西北部的长泽县；左厢神勇军司管辖今天靖边西南部的洪州和今天定边地区的延州。①

到南宋王朝时，陕北被金朝与西夏所占据，因为资料有限，再加上文字的障碍，所以这里不再涉及。

历代中原王朝与这些游牧民族在此进行过无数次波澜壮阔的战争，身在陕北边塞，脚下的热土瞬间变得厚重不已，到此戍边游历的诗人们触景生情，写下灿若星河般的诗篇，无疑使这块土地承载的历史愈加厚重。由此可见，陕北边塞不再是简单的地域概念，陕北边塞诗歌的创作也不再是简单的浅酌低唱，而是具有了深度的民族文化积淀，可以说，没有对陕北边塞诗歌的深入研究，我们的古代诗歌史研究是不完整的。对它的深入解读，从而释放的学理意义，无论是对于现今的教育教学，还是对我们的爱国主义情感熏陶和思想教育，都是非常有意义的。而长久以来，对诗歌的研究，学者和诗歌爱好者们都基本聚集在唐诗营造的浩大飘逸的氛围里了，对宋代诗歌的研究，尤其是对陕北边塞诗歌的研究，显得用力不多，这是非常遗憾的一件事情。把这些值得借鉴的价值内涵挖掘出来，进行条分缕析的系统整理，这也正是本书所要达到的目的。

---

①　陕西省地方志编纂委员会编：《陕西省志·地理志》第三卷，陕西人民出版社2000年版，第25页。

第三节　北宋时期陕北政治军事格局

959年，后周世宗柴荣驾崩，即位的恭帝年幼无知，赵匡胤作为后周殿前都点检，手中掌有兵权，在陈桥驿被部下黄袍加身，发动政变，被拥立为帝。历经二十多年的南征北战，先后平定了北方的北汉、南方的南唐和后蜀，结束了五代十国以来的动乱格局，实现了一统。为了吸取唐以来藩镇割据，节度使拥兵自重的教训，北宋的统治者自国家成立之初就采取了崇文抑武的国策。

为了吸取唐代以来藩镇割据的教训和鉴于自身被部下黄袍加身的经历，建隆二年（961），也就是宋太祖即位的第二年，他召见禁军统帅石守信、王审琦等人宴饮，宴会间宋太祖以"杯酒释兵权"的方式，将石守信等将领的兵权解除了，给他们仅有虚衔的武官职，赐以富贵荣华，使之安享晚年。这一举措从根本上解决了将领拥兵自重从而发展为割据叛乱的可能性。此后，北宋王朝大力推行科举制度，重视任用文臣，不但宰相职位任用科举士子，就连带兵打仗的枢密使等要职也多由文人担任。文人由科举考试进入仕途，此后成为宋代一朝官员阶层的主要构成成分。即便是战功卓著的狄青将军，也很难长久在枢密任职。这些举措的实施，虽然有力地巩固了君权，使士大夫的社会责任感和参政热情空前高涨，但也为整个两宋王朝积贫积弱的国运，尤其是在边塞防御方面的军事战争不断失利埋下了伏笔。

北宋王朝建立后，陕北地区一直是宋王朝和西夏政权拉锯战的主要战场之一，是北宋王朝防御西夏党项羌族的军事前沿，陕北地区在唐时无此纷乱，到此，却成为中原王朝不折不扣的边塞地区。

北宋建隆三年（962），朝廷任命赵赞为彰武军节度使，在延州屯兵戍守。太宗太平兴国七年（982），党项羌族首领李继捧被任命为彰武军节度使，党项的贵族李克文、李克宪相继归顺北宋朝廷，于是，夏、银、绥、宥（今天的靖边、米脂、绥德、内蒙古鄂托克旗等地）等四州归入北宋版图，而党项族内部却因此随即发生分化，李继捧的弟弟李继迁率其部落贵族出逃，自立为王，在夏州东北的地斤泽继续与北宋军队战斗。北宋太平兴国八年（983），李继迁联合党项其他部落，连续攻打葭芦川和夏州，结果被北宋军队击败。第二年，宋军突然袭击地斤泽，李继迁的母亲和妻子都成了俘虏。雍熙二年（985）二月，李继迁又偷袭银州，被北宋的守军击败，后来李继迁归附了辽国。淳化二年（991）七月，李继迁占领了银州、绥州等地。淳化五年（994）四月，宋军攻破夏州城，擒获了李继迁。北宋至道三年（997）三月，宋太宗去世，真宗赵恒继位，李继迁请求投降。景德元年（1004），李继迁终因伤势过重而死，死时叮嘱儿子归附北宋王朝。景德三年（1006），北宋册封李继迁儿子李德明为定难军节度使、平西王。景德四年（1007），北宋在保安军设置榷场，此后一段时间，北宋与党项政权和睦相处，互市贸易，陕北边塞地区相对安宁。

仁宗明道元年（1032），李德明去世了，他的儿子李元昊继承政权。北宋朝廷命令李元昊承袭父职，而辽国则册封李元昊为夏国王。到了1036年，党项政权的统辖范围，“东尽黄河，西界玉门（今天甘肃敦煌市西），南接萧关（今天宁夏固原西南），北控大漠，地方万余里，倚贺兰山以为固”①。可以说，此时的陕北西北部地区已经是党项政权的势力范围了。此后，延州便成为这一地区异常关键的战略要冲。

宋仁宗宝元二年（1039）十月，李元昊称帝。是年十二月，宋仁宗任命夏竦管理永兴军，并委任其兼任泾原、秦凤路安抚使；任命范雍管理延州地区，并让其兼任鄜延、环庆路安抚使，全力备战，抵抗西夏军队的侵扰。同时，考虑到延州北部守备不足，又任命鄜州判官种世衡在宽州城的废垒上新建清涧城，屯兵实边，奖励耕织，积极备战。同年十一月，西夏军队突然袭击今天志丹城的保安军，延州指挥使狄青听闻敌情，率所属部下迅速抵抗，将西夏军队彻底击溃，宋军大胜。后来，西夏军队又从东路袭击今天延川县永平镇的承平寨，鄜延守备将领命令许怀德出兵迎敌，将其击退。

康定元年（1040），李元昊觉察宋军大将范雍的守备松懈，趁机兵分三路，直取延州。西路军袭击保安军，东路军袭击承平寨，从芦关到塞门，中路军沿着延河干流河谷南下，直抵金明，北宋守将李士彬战略部署出现失误，兵力过于分散，结果一遇西夏兵就溃不成军，其子被杀，李士彬本人也被俘获。正月十八，延州被西夏军围困。宋军与西夏军在三川口一带交锋，结果宋军大败。后来，宋将许怀德派遣千余名骑兵火

① 〔清〕吴广成撰：《西夏书事校证》，龚世俊等校证，甘肃文化出版社1995年版。

速增援延州，无奈遭遇大雪，虽未交战，西夏军也知难退却。此战之后，大将范雍因指挥不当被朝廷降职，鄜延都的军事长官赵振奉命管理延州军政事务。与此事相隔不久，西夏军队又攻击塞门寨，而赵振守门不出，见死不救，最终致使塞门失守。庞籍向朝廷上书，将赵振罢免了。后朝廷又调遣龙图阁直学士张存去担任延州地区的最高行政长官，决断军政一切事务，而张存不想去赴任，结果，范仲淹请缨去治理延州地区，得到朝廷的恩准。

范仲淹祖上为邠州（今天陕西省彬县）人。康定元年（1040）五月，他与韩琦一同被任命为陕西经略安抚副使，世称“范韩”。自从范仲淹到任治理延州，各项巩固边防的措施一项接着一项密集展开，边塞防御实力大大增强，边塞地区的百姓得以过上安定、有序的生活。于是，在西夏部族间流传着这样一句话：“无以延州为意，今小范老子（即范仲淹）腹中自有数万甲兵，不比大范老子可欺也。”① 出自其名作《渔家傲·秋思》中的一句“塞下秋来风景异，衡阳雁去无留意”，即范仲淹对此期生活的真实记录。同年八月，范仲淹派兵攻克塞门寨，又支持延州兵马都监周美修缮金明寨，还修筑了万安城（今天安塞西河口乡宋家沟故城），并多次顽强抵御了西夏军队的进攻。因周美功勋卓著，后朝廷提拔其为文思使，掌管保安军的军需防务。后经庞籍挽留，又改任延州东路都巡检使。金明寨在延河与浑州川（今天杏子河）的交汇处，而浑州川又是西夏军队进攻延州的重要通道，因此，庞籍命令大将

① 〔明〕陈邦瞻撰：《宋史纪事本末》，中华书局 1977 年版。

狄青“将万余人，筑招安寨于旁”。

在范仲淹手下任职的还有杨文广、狄青等。狄青在延州四年，经历大大小小的战斗 25 次之多，胜利攻占金汤城、宥州等地方。1041 年年初，西夏军在今天宁夏隆德县东的好水川重创北宋军，朝廷震动，首领韩琦被贬到秦州做地方官。四月，范仲淹也因此战失利，受到牵连，并因擅作主张与西夏敌首李元昊通信，被朝廷降职为户部员外郎，调遣到耀州做地方官。五月，范仲淹又被改调任命为今甘肃庆阳的地方行政长官。

延州的最高行政长官从范仲淹变成了庞籍。七月，西夏军攻打麟州、府州，庞籍命令许怀德率领步兵十万增援，从延水关行军至山西西北部，再迂回挺进战斗前沿。这样，西夏军就放弃麟州、府州，转而攻打今天府谷县境内的丰州，十八日，丰州城被西夏军攻破。到庆历二年（1042）十一月，北宋朝廷再次命令韩琦、范仲淹、庞籍分领陕西四路都部署经略安抚兼延边招讨使，从 1043 年开始，北宋、西夏多次在延州协商议和，但直至和约签订，已是庆历四年（1044）的十二月。四年后，西夏国主李元昊去世，其子李谅祚仅仅出生三个月，就被立为新的西夏国主。

到了北宋元丰三年（1080）六月，北宋神宗下令沈括为延州地方行政长官。沈括非常有才干，年仅 33 岁就进士及第，而且对国家命运、边塞防务异常关心，还对王安石变法表现出热切的参与激情。同年八月十五日，沈括到延州赴任，为增强边塞实力以防御西夏军队的侵扰袭击，沈括积极招募本地群众加入军队。与此同时，他还热情高涨地继承了吕惠卿当年未竟的事业，继续加强经营四路边防的工作。元丰四年（1081）六月，西夏政权发生内讧，七月，北宋派兵攻打西夏，九月，大将种谔率领九万三千人的大军所向披靡，十月，西夏大将令介讹遇向北宋军队投降，米脂地区回归北宋王朝，举国欢庆。大文豪苏轼听闻捷报，随即赋七绝《闻捷》[1]一首："闻说将军取乞訚（今米脂），将军旗鼓捷如神。应知无定河边柳，得共中原雪絮春。"诗人王珪也作《闻种谔米脂川大捷》一首："神兵十万忽乘秋，西碛妖氛一夕收。匹马不嘶榆塞外，长城乍起玉关头。君王别绘凌烟阁，将帅今轻定远侯。莫道无人能报国，红旗行去取凉州。"可见，边塞事务对宋代文人心理及行文作诗的影响。不久，得知鄜延路的防备松懈，西夏大将梁永能集中兵力攻打今天志丹旦八镇城台村的德靖寨，沈括急速派兵增援，西夏兵被全线击溃。同年十一月，沈括声东击西，陆续攻占今天绥德境内的细浮图、吴堡和今天绥德义合等城堡，又趁势收回了今天安塞区镰刀湾乡的塞门寨。北宋元丰五年（1082）三月，朝廷派兵占据了今天志丹县金鼎乡金汤村的金汤堡，紧接着，又收复了葭芦寨。五月，在取得宋神宗的同意后，沈括和大将种谔等建造了位于今天横山区境内的乌延城。而徐禧作为钦差大臣，则亲自督建位于今天米脂县龙镇马湖峪村的永乐城，不过城堡竣工后仅九天有余，就落入西夏军队之手，战斗异常惨烈，北宋有二十余万士卒、役夫死于战火。作为最高一级的行政长官，沈括被改调均州团练副使，就

---

① 榆林市诗词学会编纂：《榆林历代诗词全集》，陕西人民出版社 2018 年版，第 100—101 页。

此给自己边塞戎马生涯画上了一个句号。在管辖治理延州的两年零五个月里，沈括不但恪尽职守，多次组织力量击退西夏军队的进攻，还利用在陕北各地巡边的机会，认真细致地考察了一种矿物燃料，并最终将其命名为“石油”，为此还赋诗几首，保存在他的著作《梦溪笔谈》里。

北宋绍圣三年（1096）九月，西夏国主崇宗集中五十万兵力，直扑鄜延，西夏兵直抵延州城北兰家坪，金明城被攻破。第二年秋季，在宋哲宗的强力支持下，吕惠卿受命全力攻打西夏，元符元年（1098）冬天，在平夏城附近的战斗中，北宋军队歼敌无数。此战之后，北宋、西夏暂且休兵。北宋徽宗崇宁三年（1104），西夏兵又占据平夏城。第二年，永乐城被北宋军队收复。宣和五年（1123），西夏国主向北宋派遣使者，表示愿意纳款换和平，北宋、西夏争战停止。

自北宋建国，除了与西夏的征战，其与北方契丹族建立的辽朝也是连年战火，致使国库空虚，兵无粮饷，对于收回“幽云十六州”可谓力不从心。宋徽宗政和六年（1116），女真族杰出的首领完颜阿骨打建立了强大的金朝，后多次对辽朝用兵，辽朝节节败退，这让北宋统治者看到了收复燕云地区的希望，即借金人之手扫灭辽朝。宣和二年（1120），宋与金达成“海上之盟”，1125年，金朝发兵灭亡辽朝，紧接着，金军又挥师南下，钦宗靖康二年（1127）四月，徽宗、钦宗被俘，靖康之难宣告了北宋的彻底灭亡。

北宋灭亡后，王庶被任命为治理延安府的最高行政长官。高宗建炎二年（1128）六月，南宋朝廷任命曲端为管理延安府的最高行政长官。同年九月，金军陆续占领今天的大荔县城、丹州城等。十一月，金兵出丹州城一直向北，仅半月时间延安城就被攻陷。建炎三年（1129）二月，南宋折可求投降金朝，麟州、府州和丰州被金兵占领。四月，金朝大将完颜娄室挥师南下，顺利拿下邠州和坊州。金天眷二年、宋绍兴九年（1139）正月，南宋和金朝讲和，金朝将河南、陕西等地划拨南宋。第二年五月，金熙宗讨伐南宋，后陕北被金占领。在这段时间里，如李显忠、韩世忠、刘光世等先后涌现，陕北地区的抗金名将，同时也都是陕北人。

其后，金朝多次发兵南下，但两军基本僵持在秦岭、淮河一线，南宋暂且继续着它的半壁统治。1127 年，蒙古灭西夏。1234 年，蒙古和南宋联合灭金。1271 年，蒙古在今天的北京城建立大都，随后，攻打南宋，并于 1279 年正月，攻下最后一个据点。是年二月，宋军大败，陆秀夫背着南宋最后一个小皇帝赴海自尽，大宋王朝到此结束。①

---

① 李定一：《中华史纲》，北京大学出版社 1997 年版。

第二章　北宋边塞诗与诗人群体

根据现有可考证的资料，在北宋时期有接近二百位创作边塞诗、词的作家，留下了一千二百多首诗词作品。宋朝的边塞诗词在唐朝的边塞诗词的基础上衍生出了新的面貌，我们可以从中窥见那个特定历史时期的发展历程。在宋初时，边塞诗词仍有唐朝遗风，到后来宋和夏之间越来越大规模、越来越激烈的军事冲突，导致边塞诗词产生了一些变化，和唐朝的边塞诗风格渐行渐远。

第一节　边塞诗的唐宋变革

在宋代以后，边塞诗在发展过程中产生了许多新的变化。这个时期创作边塞诗的作家主要是戍边将领，也有一些出使的使臣和文人墨客在见到边塞的时候诗兴大发，创作出十分惊艳的边塞作品。在边塞待的时间越久、了解程度越深的作家，写出的边塞诗词写实程度就越高，对边塞了解较为浅显的作家会更倾向于用自己的想象来弥补写实性的缺失。

一、北士主导与唐风之余韵

到底如何来划分宋代文学发展的各个阶段，学界目前还没有达成一致，根据不同的标准划分的阶段也会有所不同。北宋的边塞作品中诗的比重较大，词所占的比重较小。范仲淹是北宋边塞诗词领域十分重要的领军人物，他的出现必然会产生一个分界点，在范仲淹出生以前的时代被称为“宋初”，这一时期创作边塞作品的作家主要是北方的文人墨客，诗中依然有唐代的余韵。

（一）北人主导的创作主体

在宋朝初期创作边塞诗词的作家大多都是北方人，他们有的是出生并生长于北方的土地，有的虽然不是土生土长的北方人，但是也在北方生活了很长的时间。根据相关史料记载，在太祖太宗时期活动的文士有 21 人，其中北方文士多达 17 人，只有 4 人是南方人。通过梳理这个时期的边塞诗词作品，我们不难发现，这个时期创作边塞诗词的作者大部分都是北方人。

统计可得，太祖、太宗朝及其之前出生的边塞诗人共计 25 人，其中五人籍贯难以考订，可判断为北方人的大约有 11 人。

这些北方诗人都留下了一定数量的优秀边塞作品，除了范仲淹诗作数量一骑绝尘，寇準和王禹偁二人也各自创作了七首边塞诗词，张咏创作了五首。有的诗人虽然没有创作出很多的边塞作品，但是他们写出的边塞诗词质量实属上乘。反观南方诗人，创作边塞诗数量最多的就是杨亿，六首；而其他的边塞诗作家创作的诗词数量很少，诗词也比较平庸，无甚特色。可见，在宋朝初期创作边塞诗词的作家主体还是北方人。

宋初边塞诗人“北多南少”的格局与北宋政策上“重北轻南”的倾向有关。因为中原朝廷的自身定位，宋朝统治者从最初就较为重视北方士人、轻视南方士人。宋人笔记如邵伯温《邵氏闻见录》、赵彦卫《云麓漫钞》和无名氏《道山清话》中都有对太祖曾立下不用南人为相之言的记载。如《云麓漫钞》载：“艺祖御笔：‘用南人为相，杀谏官，非吾子孙。’石刻在东京内中。”① 此类内容在《实录》《国史》也皆有所载，《开基万年录》《开宝史谱》等也对此事述之甚详，皆言太祖曾亲写“南人不得坐吾此堂”之类的话刻于政事堂之石上。

所谓“南舟北车”，南、北方的士人在习惯、性情风格上多有不同。《礼记·中庸》中记有孔子之言，“宽柔以教，不报无道，南方之强也”“衽金革，死而不厌，北方之强也，而强者居之”。这大概正说明了南方人性柔、北方人性刚的差异。北宋时，有朝臣曾奏称“河北、陕西、河东举子，性朴茂”②，也说明了当时来自北方地区的应考士子朴实厚道的特点。对南北人的差异，鲁迅先生曾略带戏谑地指出，“北方人可怜南方人太文弱，便教给他们许多拳脚”“南方人也可怜北方人太简单了，便送上许多文章”③，可谓简洁而形象。

宋朝初期边塞诗和唐朝边塞文学的内在气质是大同小异

---

① 赵彦卫：《云麓漫钞》卷十，中华书局 1996 年版，第 178 页。
② 〔元〕脱脱等撰：《宋史》卷二百九十一，中华书局 1985 年版。
③ 鲁迅：《有无相通》，《鲁迅全集》第一卷，人民文学出版社 1982 年版。

的，盛唐时期国力强盛，边塞诗也呈现出豪迈、壮阔的风格，而北方人的性格也很豪迈，崇尚侠义精神，这在一定程度上保留了唐朝边塞诗的特色。从自然条件上来分析，北方人性格的形成，其实或多或少会受到环境的影响，说起南方，我们会想起江南水乡温柔细腻，而谈起北方，我们印象中更多的是风沙飞扬。通过梳理众多边塞诗词作品，我们会发现许多边塞作品所表现出的艰苦和寒冷就是北方人所处的生长环境。如果按照地域来分类的话，边塞诗词作品应该属于北方文学。

（二）边塞诗的唐风余韵

在北方文士主导的宋初诗坛上，边塞诗的创作中仍可见唐代边塞诗的余韵。以寇準、王禹偁、范仲淹等为代表的诗人进行的边塞诗创作中还可以看到不少与唐代边塞诗风格相近的作品。如一代英相寇準所作《塞上》：

春风千里动，榆塞雪方休。
晚角数声起，交河冰未流。
征人临迥碛，归雁别沧州。
我欲思投笔，期封定远侯。

这首边塞诗通过对风、雪、冰、沙碛、归雁、号角等常见意象的描写，表现了苍凉雄浑的意境，结句是鲜明的主观意愿直抒——欲与汉代班超一般，投笔从戎，到边塞建功立业。诗中洋溢的刚健之风，其景之雄，其志之壮，颇有盛唐风味。此时期的边塞诗，壮阔雄放的特点还比较明显，如胡宿《飞将》被方回评为“壮丽”，颇有一些唐风余韵的意味。

有的诗作中展现出自信、乐观的精神风貌。如张咏《寄程说傅逸人》中的“手扶大白口谈天，得意相欢不知老。一从召入金马门，三载长缨事边徼”，所表现的开怀畅谈，一旦入职边疆三载坚守的爽性，与唐人很接近。又如向敏中《偶吟遣怀》中写道“昔为宰辅居黄阁，今作元戎控夏台”“将相官荣如我少”，表现出出将入相、功成名就的积极面貌。而如潘阆《寄赠柳殿院开授崇仪使赴边上》中“从来长见说兵机，今日君恩志岂违。骢马不骑骑铁马，绣衣休挂挂戎衣。雄师已听心皆伏，丑虏将闻魄尽飞”的畅想，展现王师威武、敌军胆战的自信。另有王禹偁《战城南》、寇準《冬日偶成》等诗之深沉，也与唐代边塞诗有相似之处。

诗歌在宋初基本上还停留在学习唐诗的阶段，因此宋初有所谓白体、西昆体、晚唐体“三体”。三者均以唐人诗歌作为师法对象，无论学习白居易、李商隐，还是贾岛、姚合，都还是以唐诗为规范。边塞诗是唐诗重要的“代言”之一，宋初的边塞作品尚未形成独有的风格，作品中留有唐风有一定必然性。

二、内争外战与诗风之转向

（一）对外战争与朝中党争的基本生态

中后期的北宋可以说是内忧外患，朝廷中各个大臣组成不同的团体，他们党同伐异，朝堂十分不稳定；在外交上又和辽、西夏关系紧张，存在大规模的军事冲突。北汉灭亡之后，宋和辽的关系更加紧张，因为国土直接交界，不可避免地会产生主权纷争。

979年，宋朝为了夺取幽州，在高梁河与辽国发生了战争，在这次战争中辽国取得了胜利。在之后的二十几年，两国发生了十几次冲突，都是以兵戎相见的方式解决，其中也不乏宋朝取得胜利的战役。宋真宗时，辽攻宋，双方签订“澶渊之盟”。

在订立了“澶渊之盟”后，宋和辽度过了一段和平的岁月。在1038年，党项的首领元昊称帝，打破了之前暗流涌动的表面和平，不断积累的矛盾还是爆发了。从李继迁拉开与北宋对抗的历史序幕起，宋和西夏的战争时间达百年之久。宋军虽然经历了多次战争失败，但也取得了一些值得肯定的胜利，最终宋和西夏达成了和平协议。

朋党之争是一种政治现象，在我国北宋时期经常有官员之间的政治斗争，同时这种现象对我国文学的发展也产生了很大的影响。北宋时期最主要的党派政治斗争是在新法实施上，新旧两个党派之间的意见相左，主要发生在元丰和熙宁年间，但实际上在更早的时期，例如仁宗时期也有这种现象，有资料将北宋党派斗争划分为四个阶段。第一阶段为仁宗时期的庆历党争，由“庆历新政”改革演变为朝廷内部的文人分野和朋党之争，致使范仲淹、富弼、欧阳修等人遭贬谪。第二阶段为熙宁新旧党争，旧党代表有韩琦、司马光、欧阳修、苏轼等，新党代表有王安石及吕惠卿、曾布、章惇、韩绛等新人。第三阶段为元祐党争，哲宗继位后，支持旧党、反对新法，将王安石等三十多人列为“奸党”，公告全国，同时旧党内分裂为三派，展开了激烈的权力斗争。第四阶段为绍述党争，高太后死后，哲宗亲政，又恢复神宗新法，史称“绍述”，即继承之意。①

---

①　沈松勤：《北宋文人与党争》，人民出版社1998年版，第115—155页。

庆历党争阶段，已经大体结束了宋廷与对峙政权的战争，皇帝利用自己的统治权力对不同党派之间的斗争进行处置。宋朝与其他政权发生矛盾，通常用军事方式解决，虽然有时候也会与敌方进行谈判，但主要解决方式还是军事方法。而国内党派之间的斗争，则是以动口的形式进行，不同党派之间口诛笔伐指责对方，失势者就会被贬斥。

在宋朝这个阶段的各种党争里，也出现了许多名传千古的边塞诗人，深刻地影响了边塞诗的发展。首先，对外战争为诗人提供了创作素材，北宋时期的边塞诗主要是描述宋夏之间的战争，不仅有大量的作品，而且作品的质量都很高，故战争是北宋诗歌当中的一大主题。其次，宋朝十分推崇文学，对于武力的重视相对较少，在这个阶段加深了崇文抑武的思想，边塞诗的刚强气不足。宋朝崇尚以文治国，因此文人在政治上有较高的议政权利，这也使得文士议论之风发展得更为强烈。甚至在仁宗庆历年间发生了各种“诗文干政”事件[①]，这使得诗文不仅仅是一种文学作品，还拓展了应用功能，强化助力了当时政治形势的发展。而宋朝君主对拥有兵权的官员存在很大的猜忌，通过对武将进行抑制，当权者可以减轻军事权力对君主统治权的威胁，打压狄青和范仲淹等官员，就是这个原因。狄青虽然在战争中保家卫国，取得了很多显著的战绩，屡升高职，但也难以一直身处高位，最终被迫离职。范仲淹因为自作主张，因而被君主贬职。宋朝过于追求以文治国，这也使得当时

① 李强：《北宋“诗文干政”与士风——以仁宗庆历之际为中心》，《东岳论丛》2008 年第 2 期。

的文学被逐步“柔化”，甚至连主要追求阳刚的边塞诗都被去除了刚强的特征。而且，由于宋朝在对外关系中态度较为退缩，采用以赎代伐态度，导致当时的文人对于参军报国的积极性不高，这也就不利于士兵刚健之气的培养。宋朝与其他政权的斗争，大多是以失败告终，士兵总体表现比较疲软，没有阳刚体健的正气。宋朝与西夏的战争中，韩琦等虽然勇敢主动出击，但仍旧失败，这给宋朝的军事造成了更大的打击。而范仲淹在军事上采取守的态度，中心思想是为了保全人民的生活安稳，并不试图主动发起战争，拓宽疆土，这也进一步推进宋朝产生向内的对外政策。因此许多士人虽然有从军报国的愿望，但满腔热血得不到国家的重视，没有用武之地。

（二）诗风的转向

这一阶段的“争斗”环境影响了边塞诗的议论性，不管是想表达对于当朝与辽、夏之间外交策略的看法，还是抒发个人对于朝廷政治的意见，都需要发表大量的议论。议论本身就是边塞诗的内容之一，因此在宋代的边塞诗歌中，增加了更多议论性的内容，甚至成为一大特色。同时许多文人热衷于评判朝政，因此诗文在当时也被作为党派斗争的工具。当大家的关注都放在了党派之争时，边塞诗也就沦为“纸上谈兵”，宋代边塞诗与唐代边塞诗的情感表达的距离越来越远。

从宏观上看，宋朝一直在追求平淡美好，因而边塞诗在当时被视为过分激进的作品，脱离了主流思想。平淡在当时是一个十分重要的情感问题①，例如范仲淹所写的“不以物喜，不

---

① 程杰：《北宋诗文革新研究》，内蒙古教育出版社 2000 年版，第 419 页。

以己悲”，表现了当时诗人中庸平正的审美。而边塞诗整体上情绪激昂，在当时追求平淡的环境中，很难拥有宽广的发展空间。因此宋代边塞诗的激情被削弱，没有像唐代一般表现出诗人激烈崇高的情感。

范仲淹被视为衔接唐诗和宋诗风格的关键人物。范仲淹父亲范墉原为吴越官员，北宋太平兴国三年（978），范墉跟随吴越忠懿王钱俶归入北宋。宋太宗端拱二年（989），范仲淹诞生在真定府（今河北正定）[①]，其父当时为成德军节度掌书记。一年后其父因病去世，终官武宁军（徐州）节度掌书记。《宋史》“列传”第七十三记载：“范仲淹字希文。唐宰相履冰之后。其先，邠州人也，后徙家江南，遂为苏州吴县人。仲淹二岁而孤，母更适长山朱氏，从其姓，名说。少有志操，既长，知其世家，乃感泣辞母，去之应天府，依戚同文学。昼夜不息，冬月惫甚，以水沃面；食不给，至以糜粥继之，人不能堪，仲淹不苦也。举进士第，为广德军司理参军，迎其母归养。改集庆军节度推官，始还姓，更其名。”[②] 从端拱二年出生，至天禧元年（1017）升为集庆军节度推官，归宗复姓，恢复范仲淹之名前的近三十年间，范仲淹自身以及外界的认知都是他属于北人。大中祥符八年（1015）那次科举中，宰相寇準因为鄙薄南人，说服真宗更改状元及第，但范仲淹对寇準却推崇备至。

---

① 李勇先、王蓉贵校点：《范仲淹全集》，四川大学出版社 2007 年版，第 1—2 页。

② 〔元〕脱脱等撰：《宋史》卷三百一十四“列传”第七十三，中华书局 1985 年版。

三、南士主导与类型化写作

（一）边塞诗人向南方文士主导的转型

《宋史·文苑传》第三卷中收录主要活跃于真宗朝的北方文士与南方文士，其比例为2 ∶ 15。这较之活跃于太祖、太宗朝北、南文士比例的17 ∶ 4，产生了很大的“逆转”。这基本说明了宋初北方文士占据主导地位，南士后来居上，最终成了文坛主导的发展概况。

从整个文坛看，北宋各个时期具有盟主地位的“领军人物”或代表作家分别是太宗朝的王禹偁，真宗朝的寇準、杨亿，仁宗朝的晏殊、欧阳修，英宗、神宗朝的王安石，元祐时代的苏轼，后元祐时代的黄庭坚等。这些文学发展中的核心人物代表了文学发展的大致趋向，即由北方文人主导文坛向南方文人主导的转变。边塞诗创作主体的转型过程契合了文坛发展的总趋势。

由于“江浙举人专业词赋，以取科名”“南人喜诵诗赋”①，在文学创作上南方人取得了优势地位。若说边塞诗是北方人有“创作优势”的文学类型，那么当创作主体以南士为主导时，作品的风貌势必发生很大的变化，边塞诗中的刚健之风进一步消退。刘师培论云：“宋代文人，惟老苏之作，间近昌黎。欧、曾之文，虽沉详整静，茂美渊懿，训词深厚，然‘平弱’之讥，曷云克免？岂非昌黎之文，固非南人所能效哉？”② 正

---

① 徐松辑：《宋会要辑稿》之《选举》，中华书局1957年版。

② 刘师培：《南北学派不同论》，《国学发微（外五种）》，广陵书社2013年版，第256页。

指出南方人很难“效”北方体式的文学。

（二）边塞诗写作趋于类型化

由于缺乏边塞实地生活经历，很多边塞作家的创作都是基于想象基础上的。边塞诗在北宋的发展中，越往后诗人实至边地的经历越少，而其作品的虚拟感成分也越大。边塞诗中的很多题目，如《出塞》《入塞》《塞上》《关山月》等都是旧题，很多创作就如同“命题作诗”，成了一种类型化的写作。

早在宋初，西昆体的诗歌创作者们已经进行了大量类型化写作的实践。因为杨亿、钱惟演等西昆诗人片面追求李商隐诗歌的形式美，其创作很多都是主题创作，缺乏实际内容的支撑。类型化创作的作品非常缺乏情感投入，如刘勰《文心雕龙·情采》言：“文章，述志为本，言与志反，文岂足征?”这样的文学必然缺乏感染力，成就不高。如钱惟演的边塞诗断句“置酒军中乐，闻笳塞上情”，所使用的酒、乐、笳都是很常见的边塞诗中意象。仅读此诗句，既无特别的体验，也无特别的新知。又如杨亿的《闻北师克捷喜而成咏》：

岁晏层冰合，烟尘起羯陲。
文昌先命将，羽檄便徵师。
天迥星狼灭，宵寒月魄亏。
前军临瀚海，后骑缚阏氏。
蓟北胡沙静，河南露版驰。
辽阳诸父老，重睹汉官仪。

此诗从文本上看，写得还是较佳的。但此诗既题“闻北师克捷喜而成咏”，当是有所本事的。但因为诗中多用代指，

“星狼”“瀚海”“阏氏”“蓟北”“辽阳”等，皆为虚指。如此就使得诗作缺少特别性，进而使人难以判断是确乎因事赋诗，还是简单地填句至某个诗题下写作。

边塞诗的创作中，还出现了“联诗”类的创作。王昭君是中原汉族王朝和亲制度的代表人物。如王安石的《明妃曲》得到了很多人的唱和，嘉祐四年（1059）王安石作《明妃曲二首》，欧阳修、司马光、曾巩、刘敞等有和诗。王安石又有《明妃曲》集句诗。其诗友也纷纷有相关的创作，如梅尧臣的《和介甫明妃曲》，欧阳修的《明妃曲和王介甫作》《再和明妃曲》《明妃小引》，司马光的《和王介甫明妃曲》，刘敞的《王昭君》《同永叔和介甫昭君曲》，曾巩的《明妃曲二首》等。王昭君事迹和明妃曲的同题诗创作，多与边塞有关，因此与边塞诗颇有关联。北宋时，除了上述诗人与王安石和答切磋外，还有文同的《王昭君四首》、刘攽的《昭君怨戏赠》、沈辽的《昭君操》等。唐代和亲回纥的崇徽公主也进入北宋的边塞诗，成为宋人笔下的一个人物，如欧阳修的《唐崇徽公主手痕和韩内翰》、梅尧臣的《景彝率和唐崇徽公主手痕诗》等都是例子。这一类诗与咏史、怀古类诗关系密切，也是典型的类型化写作。

总体上，北宋边塞诗在样式上的发展大致经过了初期的较多旧题、古体，到后来的自由题创作，再到后来两种各有千秋。宋初如田锡、柳开、寇準、王操、郭昭著等人都有《塞上》，田锡作《圣主平戎歌》古体长诗，王禹偁的《战城南》、路振的《伐棘篇》等都是旧题创作，张咏的《竹枝词》七首也有不少作品是写边塞内容的。到了北宋后期，王安石有

《明妃曲》《胡笳十八拍》等，标志着又重新重视古题创作。这类创作，起初多是将基于实际题材创作的“新”作品“装”进古题的“旧瓶”中，但后来的古题创作，则更多的是类型化创作了。

（三）古题新题与纪实写虚

边塞诗若依题目的形式可归为古题（如乐府旧题）和自由题两类；若按照体式则可分为古体诗和近体诗。那么古体旧题边塞诗与自由题近体诗相比，有什么区别？北宋边塞诗的创作，大体有如下“公式”：

纪实—（内容关联）实际事件—（形式）自由题—（功用）酬唱寄赠；虚拟—（内容关联）典故遗迹—（形式）旧题—（功用）咏史怀古。因为边塞诗的内容有纪实、有虚写。能与具体的历史事件相联系的，即可谓纪实诗；否则，即咏怀之类的虚写诗。

纪实类型的诗中，常出现“闻”之类的字眼。这类诗很明显与当时发生的具体事情有关。有的是关系国家大计的重大事件，如杨亿《闻北师克捷喜而成咏》、苏轼《闻捷》《闻洮西捷报》、刘敞《闻官输竹箭毛翎》《闻西使到关》、王珪《闻种谔米脂川大捷》、刘攽《闻西戎乞降》、孔武仲《闻王师破洮河城获鬼章》、杨时《安西闻捷三首》等，事由是胜利战役、军政法令、迎送来使等，都与当时边疆防务或对外关系相关；有的涉及友朋的任职，同时也反映了军政事件的，如徐铉《贡院锁宿闻吕员外使高丽赠送》、梅尧臣《闻尹师鲁赴泾州幕》《闻韩仲文使归》、邵雍《和人闻韩魏公出镇永兴过洛》、刘敞《闻伯庸再安抚泾原》、司马光《和不疑送虏使还道中闻江邻几梅圣俞长逝作诗哭之》、沈遘《过冀州闻介甫送虏使当相遇，继得移文以故事请避诸路，又以诗见寄次韵和答》、孙觉《客有传朝议欲以子瞻使高丽大臣有惜其去者白罢之诗以纪其事》、黄庭坚《次韵游景叔闻洮河捷报寄诸将四首》、王安中《闻帅府大阅军作诗送梁帅》、苏过《闻郭太尉发师大捷奚人擒契丹酋领四军者来献作长句古调一首》等；其他的，虽然不是震惊朝野的大事件，也非朋友、同事出行等具体事件，如宋祁《闻归雁》、张维《十咏图・闻砧》、李廌《闻角叹》、韦骧《闻新雁》，只是偶然目击的自然或社会现象，也是因事而诗，这与全然以旧诗题“填”进内容的作品不同，更无论彭汝砺《过虎北口始闻鸡》这样的使臣途经边关有感而发的作品。因为这些作品都是因事而为、有情而抒，就与一些咏史怀古的旧题作品中常有的陈词滥调不同，即使没有太多新意，也至少是真实可感的。而传统类型的，或是直接使用旧题，非旧题的，也多有“拟”“效”“代”“仿”等字眼。如梅尧臣《拟王维观猎》、黄庭坚《丙寅十四首效韦苏州（之十二并序）》等。

很多近体诗在一定程度上被形式的格律所束缚。如王珪、胡宿，甚至王安石、范仲淹的几首七律，尤其献捷诗，相似度很高，创新性弱。究其原因，或是多数诗人的才力有限，较大精力放在了技艺上，关心字句的推敲，又缺乏亲临边地、经受战火洗礼的考验，故作品流于浮泛，写不出震撼人心的效果。议论性强，抒情性弱，崇尚质朴诗风。故相近的表述很多，雷同的意象、名词，耽于议论，疏于感情，因此与唐诗相比，宋代边塞诗佳作有限，脍炙人口的名篇很少。

四、边塞诗中“无定河”意象

无定河是流经陕北的母亲河，源出陕北白于山北侧，上游称为红柳河，流经内蒙古自治区南端，穿长城折向东南流经山西北部横山、榆林、米脂、绥德等县区，于清涧县河口入黄河，全长491千米，流域面积3万平方千米。《史记·匈奴列传》：“晋文公攘戎翟，居于河西圁、洛之间，号赤翟、白翟。”这里的“圁”，指“圁水”，即今日无定河。《元和郡县图志》卷：“无定河，一名朔水，一名奢延水，源出县南百步，赫连勃勃于此水之北，黑水之南，改筑大城，名统万城。今按州南无奢延水，唯无定河，即奢延水也，古今异名耳。”① 《大明一统志》卷三十六无定河条：“一名奢延水，又名银水，《舆地广记》：唐立银，州东北有无定河，即圁水也。后人因溃沙急流，深浅不定，故更今名。”② 可见无定河原名圁水，后因溃沙急流，河道深浅不定多次改道，故改名无定河。

无定河流经区域地处农耕文明和草原文明交汇带，从先秦、秦汉到唐、宋、明，这里一直是中原王朝与北方游牧政权反复争夺的区域。猃狁、白狄、匈奴、鲜卑、羌、氐等曾在这里策马扬鞭，秦一统六国后，大将军蒙恬率30万大军北逐游牧民族，使“胡人不敢南下而牧马”，汉武帝时期，大将卫青、霍去病亦逐匈奴于数千里之外。可以说，无定河畔岁月和

---

① 〔唐〕李吉甫撰，贺次君点校：《元和郡县图志》，中华书局1983年版，第100页。

② 〔明〕李贤等撰：《大明一统志》，三秦出版社1990年版，第636页。

历史的“无定”，比它摇摆的河床还要厉害。

汉代在红柳河南岸曾置奢延县，故无定河始称“奢延水”。芦河水沿东西横亘的横山山脉北坡流过，其地属闾阴县，故芦河古称闾水。两河流经的地方其时为朔方的辖地，均为荒塬、草滩、大漠和峡谷，水色清澈见底，亦统称朔方水。交汇后，开始混浊。和明堂川的榆溪河合并后，进入黄土沟壑区，流量增大，泥沙并流，完全失去了原有的面貌，人称恍惚都河。唐时，溃沙急流，河床常移，人们就改其名为无定河。

当年匈奴铁弗部赫连勃勃来到无定河畔，被眼前水草丰茂的景象深深打动，不禁发出了由衷的赞美：“美哉斯阜，行广泽而带清流，吾行地多矣，未见若斯之美。”统万城于413年开始建造，竣工于418年。在建成后的500多年里，它一直是鄂尔多斯高原南部的政治经济以及军事中心、边塞重镇。我们从统万城出土的一方隋代徒刑砖可知一二，徒刑砖全文如下：

> 大隋开皇元年，吾为相州总管尉/池迥作逆，被徙夏州。吾是冀州长乐郡来强县人，贾彦男/车辕。大业四年七月十六日，身在夏州岩录县身故，埋在城东南。

北周大象二年（580）尉迟迥兵败自杀，作为尉迟迥的跟随者，贾彦男于隋开皇元年（581）被流放到边塞之地夏州岩录县（北魏在夏州设置岩录县，隋因魏制），二十七年后于大业四年（608）年去世，直接埋在夏州城东南。从徒刑墓砖记载主人公在夏州流放生活了27年可见，在隋代无

图 2－1　隋徒刑墓志（现存于陕西榆阳区古代碑刻艺术博物馆）

定河流域的夏州是朝廷流放罪犯的戍边之地，从徒刑墓砖的材质和笔法来看，碑文应为民间刻工直接在砖上以刀刻而成。

从统万城附近出土的一方墓志《唐故陇右西使左十四副监刘公愻墓志铭》来看，盛唐时期无定河上游的统万城周围还是水草丰美之地，是皇家的养马放牧之地。后来，农业文明逐渐北移，农垦开发过度和连年征战导致植被破坏，加上气候的变化，使这里从唐代起受到风沙的侵扰，唐边塞诗人李益在此留下了“风沙满眼堪断魂”的悲叹。

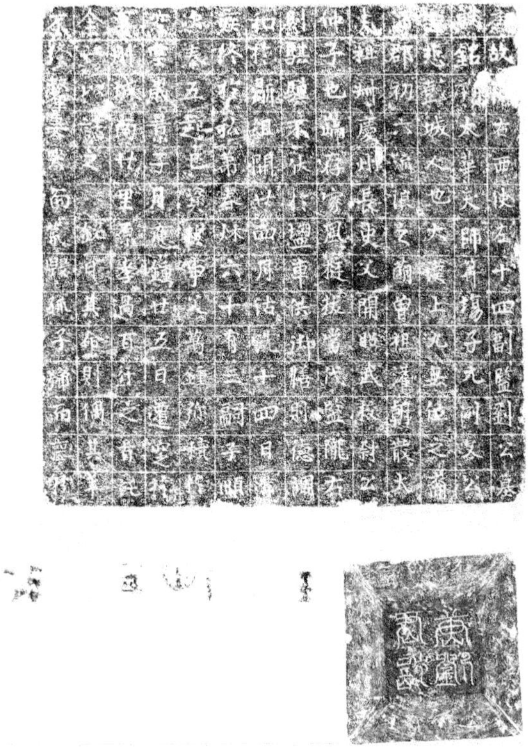

图 2－2　唐故□右西使左十四副监刘公□墓志铭
（现存于陕西榆阳区古代碑刻艺术博物馆）

唐故□（陇）右西使左十四副监刘公□（愸）墓志铭（并）序

太华天师算，墕子元□（洌）父。公讳愸，彭城人也，大汉上九无位之裔，□（边）郡初六流浪之荫。曾祖灌，朝散大夫；祖叔，庆州长史；父开，昭武校尉。公仲子也。岿存家风，挺拔当代，监陇右，则骐骥不伏于监车；供御膳，则德调和於鼎俎。开元廿四月姑洗十四日遘疾终於私第，春秋六十有三。嗣子顺，次秦，五起已资於事父，万种弥积於空堂。岁景子月应钟廿五日，迁窆于夏州城南廿里原。孝过百行之首，托余一以志之，铭曰，其命则偶，其年不终。妻哭天，荒毁孤子，号而丧躬。

在中国的河流中，无定河算不上一条大河，它发源于陕北白于山，只是黄河的一条支流，水量也不算大。然而在古诗里，无定河却名声响亮，之所以著名，是因为它恰处在农耕区与草原的交界地带。正如李益在诗中所描绘的，无定河自古“塞云”遍布，是历代中原汉族与北方游牧民族的必争之地。从唐代陈陶的《陇西行》开始“无定河”成了边塞意象：“誓扫匈奴不顾身，五千貂锦丧胡尘。可怜无定河边骨，犹是春闺梦里人。”多少开赴边塞的貂锦战士战死沙场，成为无定河边白骨，异乡之鬼魂，可是古时通信困难，家乡妻子毫不知死讯，仍然在梦中与丈夫相会，倾诉衷肠。这种以绮丽哀艳的笔调，融无定河边累累白骨于春闺温馨美妙梦境之中，哀乐相生，层层映照，表现了诗人独创性的艺术构思，具有强烈的艺术效果。无定河边骨与春闺梦里人两个镜头相组接，一边是残酷的现实，一边是迷人的梦境，一边是萧瑟荒凉鬼唱歌，一边是春闺兰房温柔乡，两个根本无法并存的极端，却被“可怜无定河边骨，犹是春闺梦里人”组接成一个艺术构型，使过去和现在两种时空形成对比或对立，加强了时空流变的感受，从而使诗中不仅有横断面的宽度，更有历史的纵深度，纵横捭阖，结想神思。

唐代无名氏有《杂诗》：“无定河边暮角声，赫连台畔旅人情。函关归路千余里，一夕秋风白发生。”《大明一统志》无定河条下将此诗归在唐陈祐名下。“无定河”就是前面所讲“可怜无定河边骨，犹是春闺梦里人”中的“无定河”，在唐代已成为典型的边塞意象，赫连台就是赫连勃勃在无定河北岸建造的大夏国都城统万城。唐代著名边塞诗人李益在建中二年(781）从军朔方后，在夏州（今陕西靖边）城楼上看到人们送别征人回内地的情景，作《登夏州城观送行人赋得六州胡儿歌》，其中有“无定河边数株柳，共送行人一杯酒”。此处诗人是实到无定河边，景、事、人都是实写，同时期诗人还作有《夜上受降城闻笛》《从军北征》《盐州过胡儿饮马泉》等边塞诗。

中晚唐之后，“无定河”已成为边塞诗中典型的边塞意象，如作为“咸通十哲”之一的寒士诗人许棠作有《塞下二首》，其中有“征役已不定，又缘无定河”。此句中的无定河已是泛指，成为边塞意象，不是实指。晚唐诗人秦韬玉作有边塞诗《塞下》《边将》，据史书记载诗人出自武将世家，但本身并未去过今天陕北一带，其《边将》中的“无定河”也为边塞意象，并未实到此处。全诗为：“剑光如电马如风，百捷长轻是掌中。无定河边蕃将死，受降城外虏尘空。旗缝雁翅和竿袅，箭撚雕翎逐隼雄。自指燕山最高石，不知谁为勒殊功。”

北宋诗人王操曾奉使陇右，作有《并州道中》《塞上》，《塞上》中有：“无定河边路，风高雪洒春。沙平宽似海，雕远立如人。”这里同样受到中唐以来影响，其中的“无定河”

图2－3　无定河　（李生程 摄）

已成为边塞诗中的常用意象。与之相同的还有宋代罗与之的《寄远词》，其中有“居延城外刁头声，无定河边霜月明”。李廌的《谢王生赠弓矢》中有“受降城下沙场雪，无定河边木叶霜”。李复的《督运宿明堂川》中有“密雪拥渡无定河，河带血流侵人骨”。直至明代王稚登的《出塞》：“祁连山下烽如月，无定河边阵是云。为问朔方豪杰士，几人年少立功勋?”此时，“无定河”作为边塞意象已经固定下来。

北宋时期，陕北分别是北宋和西夏政权的控制范围。北宋初，陕北北部区域长期以来为西夏政权控制，所以并未设置具体的郡县，而东面、北面黄河沿线则是北宋王朝与西夏政权的长期频繁征战之地。后来，北宋王朝逐渐在此设置永兴军路和河东路。永兴军路管辖坊州、鄜州、丹州和延安府，以及三个“军”，即今天定边地区的定边军、志丹县地区的保安军和绥德地区的绥德军。而坊州管辖中部、宜君这两个县；鄜州管辖洛交，即今天的富县，富县西边的直罗，洛川县东北的洛川，洛川县东南的鄜城；丹州管辖今天的宜川；延安府管辖今天延安的宝塔区，延安东南的临真等。北宋神宗熙宁三年（1070），北宋王朝收复宥州、绥州，二者后归入延安府辖区。以上是永兴军路的管辖情况。而河东路管辖的有麟州和府州。其中，麟州管辖今天神木北部的新秦、连古，神木南部的银城，府州则只管辖府谷县。

西夏政权在陕北地区设置嘉宁军司、祥祐军司和左厢神勇军司。其中嘉宁军司管辖夏州，夏州包括今天靖边北部的宁朔和榆林西部的静德；祥祐军司管辖宥州，宥州包括今天靖边西北部的长泽县；左厢神勇军司管辖今天靖边西南部的洪州和定边地区的延州。到南宋王朝时，陕北被金朝与西夏所占据，因为资料有限，这里不再详述。

宋代著名军事家、科学家沈括曾在陕北一带率兵抗击西夏，也对无定河流域做过详细的考察。他在晚年所著的《梦溪笔谈》中，曾对无定河做过这样形象生动的描写，他说："余尝过无定河，度活沙，人马履之百步外皆动，傾傾然如人行幕上，其下足处虽甚坚，若遇其一陷则人马拖车应时皆没，至有数百人平陷无孑遗者。"写出了无定河泥沙滚滚，飘忽不定，车陷人没的情景。苏轼的《闻种谔米脂川大捷》中有"应知无定河边柳，得共江南雪絮春"。"无定河边柳"同"江南雪絮春"，在庆祝胜利这件事上，塞北和江南是没有多大差别的，此诗之高明在意于言外，重韵致。汴京陷落，宋廷偏安杭州，林升有"暖风熏得游人醉，直把杭州作汴州"，这就是"应知无定河边柳，得共江南雪絮春"的另一反面。

无定河边发生的诸多战争中，最惨烈的一次莫过于北宋时期的永乐之战，当时，无定河流域为宋夏两国边界，是最不平静的土地。为防西夏南侵，宋神宗命大臣徐禧在此筑永乐城（今陕西米脂西北马湖峪）。徐禧不懂军事，在选址上犯了个致命的错误。有人反对："城中无水泉，若被包围，必陷绝境。"可徐禧不听。不久，西夏集结30万人马压境而来。徐禧得到情报，仍不以为意。很快，西夏精锐骑兵抢渡无定河，将永乐城团团围困，同时派兵袭扰米脂城，使当时驻守于此的沈括无法前往救援。永乐城被困七昼夜，缺粮断水，许多将士渴死。一日半夜，大雨忽然倾注，西夏人也同时发起总攻，城破，两军在雨水泥泞中混战，宋军战斗力虚弱，最终全军覆没，将士两万余人喋血永乐。此次惨败，朝廷为之震动，宋神宗大怒。沈括也被贬为湖北均州团练副使，随州安置，形同流放。

第二节　北宋陕北边塞诗人的构成

在唐朝创作边塞诗的诗人数量众多，宋朝亦是如此，在北宋时期有大约二百位作家会进行边塞诗创作。如果我们把这些创作边塞诗词的作家比作军队的话，那么这支队伍就是由二十位将军来带领，其他诸多将士构成三个梯队，他们通过写诗作词来表达情感和思想，互相交流，诗词的作用就像是军队里的鼓角。

一、主要边塞作家考述

在北宋，创作边塞诗词的作家众多，要想从中脱颖而出，也并不是件容易的事情。其中以范仲淹为首的二十位作家，在边塞诗词作家队伍中充当着将帅的作用，寇準、柳开、苏舜钦等人在边塞诗词这一领域留下了浓墨重彩的笔画。他们的作品如同夜空中的明星，熠熠生辉。

所谓边塞诗词就是作者描写边塞的相关生活，通过边塞的景来表达某种情感。出色的边塞作家都有在边塞作战、任职的经历。想要贴切地描绘出边塞的壮阔和苍凉，仅仅通过别人口述或者自己想象是很难达到的。因此我们在学习边塞诗词的时候，都会了解作者的人生经历，从而能够更准确地理解作者想要表达的思想和情感。

图 2－4　范仲淹像

范仲淹（989—1052），北宋政治家、文学家。字希文，苏州吴县（今江苏苏州）人。大中祥符进士。少时贫困力学，出仕后有敢言之名。天圣中任西溪盐官，参与重修捍海堰。景祐二年（1035），以天章阁待制权知开封府。次年，上《百官图》议朝政，被指为朋党，贬知饶州。宝元三年（1040）西夏攻延州，他与韩琦同任陕西经略副使，改革军制，巩固边防。庆历三年（1043）任参知政事，建议十事，主张建立严密的任官制度，注意农桑，整顿武备，推行法制，减轻徭役。因为保守派反对，不能实现。他亦罢去执政，出任陕西四路宣抚使。后在赴颍州途中病死。工于诗词散文，所作文章富于政治内容，词传世仅五首，风格较为明健。《岳阳楼记》中的名句"先天下之忧而忧，后天下之乐而乐"传诵千古。著有《范文正公集》。

宋祁（998—1061），北宋文学家、史学家。字子京，开封雍丘（今河南民权县）人，幼居安陆（今属湖北）。与兄庠并有文名，时称"二宋"。天圣进士，曾官翰林学士、史馆修撰。与欧阳修等合修《新唐书》，撰写列传部分。书成，进工部尚书，拜翰林学士承旨。谥景文。能诗文，诗多酬赠送别之作，语言工丽。《玉楼春》词中有"红杏枝头春意闹"之句，世称"红杏尚书"。后人辑有《宋景文集》及《宋景文公长短句》。另有《宋景文笔记》《益部方物略记》等。

梅尧臣（1002—1060），北宋诗人。字圣俞，宣州宣城（今属安徽）人。宣城古名宛陵，故世称"梅宛陵"。少时应进士不第。以叔父门荫入任，历任州县属官。中年后赐进士出身，授国子监直讲，官至都官员外郎。论诗注重政治内容，对宋初以来的靡丽文风表示不满。在写作技巧上重视细致深入，认为："必能状难写之景，如在目前，含不尽之意，见于言外，然后为至。"（见《六一诗话》）所作颇致力于刻画日常生活和民生疾苦，风格力求平淡，盖欲以矫靡丽之习，但有时不免流于板滞。对宋代诗风的转变影响很大，甚受陆游、刘克庄等人的推崇。与欧阳修并称"欧梅"，又与苏舜钦并称"苏梅"。有《宛陵先生文集》。

图 2-5　梅尧臣像

欧阳修（1007—1072），北宋文学家、史学家。字永叔，号醉翁、六一居士，吉州吉水（今属江西）人。天圣进士。官馆阁校勘，因直言论事贬知夷陵。庆历中任谏官，支持范仲淹领导的政治改革，被诬贬知滁州。官至翰林学士、枢密副使、参知政事。王安石推行新法时，对青苗法有所批评。谥文忠。主张文章应"明道""致用"，对宋初以来靡丽、险怪的文风表示不满，并积极培养后进，是北宋古文运动的领袖。散文说理畅达，抒情委婉，为"唐宋八大家"之一。与曾巩并称"欧曾"。诗颇受李白、韩愈影响，重气势而能流畅自然。与梅尧臣并称"欧梅"。其词婉丽，与晏殊并称"晏欧"。曾与宋祁合修《新唐书》，并独撰《新五代史》。又喜收集金石文字，编为《集古录》，对宋代金石学颇有影响。又撰《六一诗话》，为最早以诗话名书的著作。有《欧阳文忠公文集》。

图2－6　欧阳修像

韩琦（1008—1075），北宋大臣。字稚圭，相州安阳（今属河南）人。天圣进士。历开封府推官、三司度支判官，拜任右司谏，曾一次奏罢宰执四人。宝元三年（1040）出任陕西安抚使，与范仲淹共同防

图2－7　韩琦像

御西夏，时人称为“韩范”。庆历三年（1043）西夏请和，被任为枢密副使，与范仲淹、富弼等同时登用。支持庆历新政。两年后以范仲淹等罢政，自请出外，知扬州，改知定州、并州。在并州时收回契丹冒占的土地，立石为界，并加强防御。嘉祐年间复入朝，迭任枢密使、宰相，经英宗至神宗，执政三朝。神宗即位后，出知相州（治今河南安阳市）、大名等地。王安石变法，他屡次上疏反对，与司马光、富弼等同为保守派首脑。封魏国公。著有《安阳集》。

苏舜钦（1008—1049），北宋诗人。字子美，开封（今属河南）人。景祐进士。曾任大理评事。庆历中，范仲淹荐为集贤校理、监进奏院。时其岳父同平章事、兼枢密使杜衍，对政事有所整饬，忌者欲通过倾陷舜钦而打击衍等，因以细故被除名，退居苏州沧浪亭。工散文。其论政之作，曾谓范仲淹的政治措施“皆非当今至切之务”，批评其“因循姑息”，要求做进一步改良。诗风瑰奇豪健，甚为欧阳修所重。与梅尧臣齐名，并称“苏梅”。又工书法。有《苏学士文集》。

图 2－8　苏舜钦像

刘敞（1019—1068），北宋经学家。字原父，世称公是先生。临江新喻（今江西新余）人。庆历进士。官吏部南曹、集贤院学士，判南京御史台。长于春秋学，开宋儒批评汉儒的先声。撰有《七经小传》《春秋权衡》《公是集》等。

司马光（1019—1086），北宋大臣、史学家。字君实，号迂叟，陕州夏县（今属山西）涑水乡人，世称涑水先生。宝元进士。仁宗末年任天章阁待制兼侍讲知谏院。英宗朝进龙图阁直学士，判吏部流内铨。治平三年（1066）撰成战国迄秦《通志》八卷上进，作为封建统治之鉴，得英宗重视，命设局续修。神宗时赐名《资治通鉴》。王安石行新政，他竭力反对，与王安石在帝前争论，强调祖宗之法不可变。被命为枢密副使，坚辞不就，于熙宁三年（1070）出知永兴军（治今陕西西安）。次年退居洛阳，以书局自随，继续编撰《通鉴》，至元丰七年（1084）成书。从发凡起例至删削定稿，都亲自动笔。八年哲宗即位，高太后听政，召他入京主国政，次年任尚书左仆射，兼门下侍郎，废除绝大部分新法，罢黜新党。为相八个月病死，追封温国公。著有《司马文正公集》《稽古录》等。

图 2－9　司马光像

苏颂（1020—1101），北宋天文学家、药物学家。字子容，泉州（今属福建）人。官至刑部尚书、吏部尚书，晚年入阁拜相。元祐三年（1088）组织韩公廉等人制造水运仪象台，七年竣工，并著《新仪象法要》予以介绍。还制造一具浑天仪，直径约二米。组织增补《开宝本

图 2－10　苏颂像

草》，完成后称《嘉祐补注神农本草》；又著《图经本草》，对药物学考订有很大帮助。

图 2－11　王安石像

王安石（1021—1086），北宋政治家、思想家、文学家。字介甫，号半山，抚州临川（今江西抚州）人。庆历进士，初知鄞县，修筑堤堰，兴修水利，贷谷予民，出息还官，有治绩，嘉祐三年（1058）上万言书，主张变法，未被采纳，神宗即位，召为翰林学士兼侍讲。上《本朝百年无事札子》，陈述北宋开国至今各项制度弊端，阐明必须改革，与神宗意合，熙宁二年（1069），为参知政事，次年拜相，陆续推行均输、青苗、农田水利、免役、市易、方田均税以及置将、保甲、保马等新法，史称“王安石变法”。由于保守派强烈反对，新政推行迭遭阻碍。七年罢相，次年再相，九年再罢，退居江宁（今江苏南京），封荆国公，世称“荆公”，散文雄健峭拔，为“唐宋八大家”之一。诗歌遒劲清新，词虽不多而风格高峻。所著《字说》《钟山日录》等，多已散失，文集今有《王文公文集》《临川先生文集》两种，后人辑有《周官新义》《诗义钩沉》等。

强至（1022—1076），字几圣，杭州（今属浙江）人。庆历五年（1045）乡试第一，庆历六年（1046）进士，皇祐二年（1050）到皇祐三年（1051）充泗州司理参军，至和二年（1055）任浦江、东阳、元城令。治平四年（1067），韩琦聘为主管机宜文字，后在韩幕府六年。熙宁五年（1072），召判户部勾院、群牧判官。熙宁九年（1076），迁祠部郎中、三司户部判官。以疾卒于官，年五十五。其子强浚明收集其遗文，编《祠部集》四十卷，曾巩为之序，已佚。清代强汝询《求益斋文集》卷八《祠部公家传》有传。

刘攽（1023—1089），北宋著名史学家。刘敞之弟。字贡夫，一作贡父、赣父，号公非。江西省樟树市黄土岗镇获斜墨庄刘家人。庆历进士，历任曹州、兖州、亳州、蔡州知州，官至中书舍人。一生潜心史学，治学严谨。助司马光纂修《资治通鉴》，充任副主编，负责汉史部分，著有《东汉刊误》等。刘攽与兄刘敞同举仁宗庆历六年（1046）进士。历仕州县二十年，始为国子监直讲。熙宁五年（1072），判尚书考功，同知太常礼院。因考试开封举人时与同院官争执，为御史所劾；又因致书王安石，论新法不便，贬泰州通判迁知曹州。曹州为盗区，重法不能止，攽为治尚宽平，盗亦衰息。迁京东转运使，知兖、亳二州。吴居厚代京东转运使，奉行新法，追咎攽在职废弛，贬监衡州盐仓。哲宗即位，起居襄州，入为秘书少监，以疾求知蔡州。在蔡数月，召拜中书舍人。元祐四年卒。攽为人疏隽，不修威仪，喜谐谑，数招怨悔，终不能改。

沈遘（1025—1067），字文通，杭州钱塘（今浙江杭州）人。沈括为其从叔。与弟弟沈辽、叔叔沈括俱有文名，称为三沈。皇祐元年（1049），弱冠之年登进士第，为榜眼。任通判江宁府。归，上奏《本治论》十篇，仁宗颇为欣赏。除集贤校理，不久，为起居舍人，修起居注，加之制诰。因其父犯事免职，出知越州。嘉祐七年（1062）为尚书礼部郎中，徙知杭州。英宗时召知开封府，迁龙图阁直学士。晚年拜翰林学士、判流内铨。母亡既葬，庐墓下，服丧未竟而卒。著有《西溪集》一部。

范纯仁（1027—1101），字尧夫。苏州吴县（今江苏省苏州市）人。参知政事范仲淹次子。北宋时期名臣、政治家、宰相，人称“布衣宰相”。曾从胡瑗、孙复学习，宋仁宗皇祐元年（1049）进士及第，除官不赴。父亲殁没后才出仕知襄邑县，后历任江东转运判官、殿中侍御史、知制诰、知蕲州等职。熙宁二年（1069）除尚书兵部员外郎，兼起居舍人、同知谏院。加直集贤院、同修起居注，改判国子监。因反对王安石新法，出知河中府，移成都府路转运使。后历任知和州、知庆州等职。宋哲宗即位，召除给事中，进吏部尚书，同知枢密院事。元祐三年（1088），拜尚书右仆射兼中书侍郎（宰相）。元祐四年（1089），出知颍昌府，徙知太原、河南二府。元祐八年（1093），再次拜为尚书右仆射兼中书侍郎（宰相）。宋哲宗亲政后，再出知颍昌、河南二府，徙陈州。以上疏论吕大防不当窜岭南，落职，知随州，贬武安军节度副使，永州安置。元符三年（1100），宋徽宗即位，授光禄卿，分司南京，道除右正议大夫，提举崇福宫，不数月，以观文殿大学士，中太一宫使诏职，纯仁乞归许养疾，宋徽宗不得已许之。建中靖国元年（1101）卒，年七十五，赠开府仪同三司，谥忠宣。宋徽宗御书碑额曰“世济忠直之碑”。宋高宗建炎年间，又追赠太师，追封许国公。范纯仁从其父教诲，又与孙复、石介、胡旦、李觏等名士游，待人平易忠恕，尝谓：“但以责人之心责己，恕己之心恕人，不患不到圣贤地位。”著有《范忠宣公集》。

苏轼（1037—1101），字子瞻，一字和仲，号铁冠道人、东坡居士，世称苏东坡、苏仙、坡仙，汉族，眉州眉山（今四川省眉山市）人，祖籍河北栾城，北宋文学家、书法家、美食家、画家，历史治水名人。嘉祐二年（1057），苏轼参加殿试中乙科，赐进士及第，一说赐进士出身。嘉祐六年（1061），应中制科入第三等，授大理评事、签书凤翔府判官。宋神宗时曾在杭州、密州、徐州、湖州等地任职。元丰三年（1080），因“乌台诗案”被贬为黄州团练副使。宋哲宗即位后任翰林学士、侍读学士、礼部尚书等职，并出知杭州、颍州、扬州、定州等地，晚年因新党执政被贬惠州、儋州。宋徽宗时获大赦北还，途中于常州病逝。宋高宗时追赠太师；宋孝宗时追谥“文忠”。苏轼是北宋中期文坛领袖，在诗、词、散文、书、画等方面取得很高成就。文纵横恣肆，诗题材广阔，清新豪健，善用夸张比喻，独具风格，与黄庭坚并称“苏黄”。词开豪放一派，与辛弃疾同是豪放派代表，并称“苏辛”。散文著述宏富，豪放自如，与欧阳修并称“欧苏”，为“唐宋八大家”之一。苏轼善书，“宋四家”之一，擅长文人画，尤擅墨竹、怪石、枯木等。李志敏评价：“苏轼是全才式的艺术巨匠。”作品有《东坡七集》《东坡易传》《东坡乐府》《潇湘竹石图》《枯木怪石图》等。

图2－12　苏轼像

图 2－13　苏辙像

苏辙（1039—1112），字子由，一字同叔，晚号颍滨遗老。眉州眉山人。北宋时期官员、文学家，“唐宋八大家”之一。嘉祐二年（1057），苏辙登进士第，初授试秘书省校书郎、商州军事推官。宋神宗时，因反对王安石变法，出为河南留守推官。此后随张方平、文彦博等人历职地方。宋哲宗即位后，入朝历官右司谏、御史中丞、尚书右丞、门下侍郎等职，位列执政。哲宗亲政后，因上书谏事而被贬知汝州，连谪数处。宰相蔡京掌权时，再降朝请大夫，遂以太中大夫致仕，筑室于许州。政和二年（1112），苏辙去世，年七十四，追复端明殿学士、宣奉大夫。宋高宗时累赠太师、魏国公，宋孝宗时追谥“文定”。苏辙与父亲苏洵、兄长苏轼齐名，合称“三苏”。其生平学问深受其父兄影响，以散文著称，擅长政论和史论，苏轼称其散文“汪洋澹泊，有一唱三叹之声，而其秀杰之气终不可没”。其诗力图追步苏轼，风格淳朴无华，文采稍逊。苏辙亦善书，其书法潇洒自如，工整有序。著有《栾城集》等行于世。

彭汝砺（1041—1095），祖籍袁州，饶州鄱阳（今江西鄱阳）人，字器资，生于宋仁宗康定二年（1041），卒于宋哲宗绍圣二年（1095）。宋英宗治平二年（1065）乙巳科状元。彭汝砺读书为文，志于大者；言行取舍，必合于义；与人交往，必尽试敬；而为文命词典雅，有古人之风范。著有《易义》

《诗义》《鄱阳集》。彭汝砺去世后被安葬在湖北省阳新县木港镇，其后代广泛分布于湖北阳新、大冶、黄石、鄂州、武汉等地。

图 2－14　黄庭坚像

黄庭坚（1045—1105），字鲁直，号山谷道人，晚号涪翁，洪州分宁（今江西省九江市修水县）人，北宋著名文学家、书法家、盛极一时的江西诗派开山之祖，与杜甫、陈师道和陈与义素有“一祖三宗”（黄庭坚为其中一宗）之称。与张耒、晁补之、秦观都游学于苏轼门下，合称为“苏门四学士”。生前与苏轼齐名，世称“苏黄”。著有《山谷词》，黄庭坚书法亦能独树一格，为“宋四家”之一。北京大学教授、引碑入草开创者的李志敏评价：“黄庭坚引鹤铭入草，雄强逸荡，境界一新。”

李复（1052—1128），字履中，称潏水先生，本籍开封。宋参知政事庄简公李光曾孙，陆州知府李孟坚之孙，信州知府李知微之子，元丰二年（1079）进士，官至汉阳知府。

晁说之（1059—1129），字以道、伯以，自号景迂生，澶州清丰（今河南濮阳）人。生于宋仁宗嘉祐四年（1059），卒于高宗建炎三年（1129）。元丰五年（1082），进士及第，苏东坡称其自得之学，发挥《五经》，理致超然，以“文章典丽，可备著述”举荐。范祖禹亦以“博极群书”荐以朝廷，曾巩亦力荐。元符三年（1100），知无极县。应诏上言祇德、法祖、辨国疑、归利于民、复民之职、不用兵、士得自致于学、广言路、贵多士、无欲速无好高名等十事。文集为《景迂生集》。晁说之是文士诗人，边塞诗有十四首。

以上所举二十家是北宋边塞诗词创作数量最多者，其作品总数近六百二十首，占据了总量的半数以上。其中居于首位的是范仲淹。如法国作家罗曼·罗兰的《名人传》“把首席给予坚强与纯洁的贝多芬”，我们首先将目光放在伟大的边塞诗词作家范仲淹身上，在众多作家里面有二十位十分出色，而范仲淹可以说是当之无愧的领头羊。这二十位作家创作了六百余首诗词，而范仲淹所作的诗词在其中的比例超过百分之五十。不论是从范仲淹所处的历史时期，还是从他所作诗词的数量和质量来看，他都对北宋时期边塞诗词的转型做出了巨大的贡献。在范仲淹之后，北宋的不同时间段都出现了优秀的边塞诗词作家，总体而言和宋代的文学发展进程是相契合的。例如著名宋代诗人梅尧臣、苏舜钦，是具有宋诗特色的代表性人物，而欧阳修是革新派诗人的主领，王安石和司马光不仅是著名文学家，同时也位高权重，担任高官，苏轼也是当下最为著名的文学家，其作品被广泛流传。要研究北宋时期边塞诗词的创作情况，我们必须将众多可利用的史料和文献罗列出来，通过研究其中十分典型的作家来了解北宋时期边塞诗词的创作。

此外，不能单凭作者的知名度来评判边塞诗词的质量，不能简单地认为我们所熟知的大家创作的边塞作品就一定比那些名不见经传的小作家写得好。如作为江西诗派“三宗”之一的陈师道就极少进行边塞诗创作，词坛上有重要地位的晏殊也未着意于边塞词。而如李师中这样的小作家，却颇有写得词佳情真的边塞诗作品。如李师中《韩魏公席上为官妓贾爱卿作》云："愿得貔貅十万兵，犬戎巢穴一时平。归来不用封侯印，只问君王乞爱卿。"其写得自然流畅而又豪气干云，有唐代边塞诗的气魄。此诗用词平易，与宋诗一般的多典和密集不同，在宋诗中较为难得。

二、边塞作家的代群考察

"梯队"本是军事用语，后来也被借来形容人力资源前后相继的构成单元。《现代汉语词典》中给出的解释是："军队战斗或行军时，按任务和行动顺序区分为几个部分，每一部分叫作一个梯队。"北宋边塞诗词作家人员众多，创作丰富，集体组建了一支边塞诗词文学创作的雄师。上文以创作数量为标准，首先列举了其中具有"将帅"地位的诸家。而以群体的视角来考察，按照年辈和主要生活的历史时期划分，北宋边塞诗词作家的二十家主要诗人可以归为前后相继的三个"梯队"。

（一）第一梯队——帅守为中心的作家群

第一梯队是范仲淹、宋祁、梅尧臣、欧阳修、苏舜钦。他们主要生活、创作在宋初的太宗、真宗、仁宗时期。其中出生于太宗端拱元年（988）的范仲淹年辈最高，他较排在最后的苏舜钦年长近二十岁，从辈分上已跨越一代。这一梯队边塞"上将"中，边地帅臣的身份是最鲜明的，范仲淹、韩琦在整个有宋一代都赫赫有名，成为宋廷抵御外寇的标杆性人物——"军中有一韩，西贼闻之心骨寒；军中有一范，西贼闻之惊破胆"。他们后来有的也成为朝廷重臣，甚至书写了政治生涯中更为辉煌的笔墨（如范仲淹主持庆历新政，韩琦仕三朝、身居高位)，但其仕途可以说是以经略边疆、建立战功为跃进资本的（范、韩二人都是曾因军功被仁宗拟擢观察使的高衔，又都由边帅回朝拜枢密副使，进而改作参政，成为皇帝最倚重的宰执)。正如后来的黄庭坚在寄赠仲淹少子范纯粹（字德孺）的诗中写到的，“乃翁知国如知兵，塞垣草木识威名”“平生端有活国计，百不一试薶九京”(《送范德孺知庆州》)，他们首先通过“知兵”来“活国”，进而获得了“知国”的机遇。

第一梯队的情况正契合了北宋前期，宋廷面临辽、夏两方面的威胁，战争主题主导了边塞诗词创作的基本情况。

属于第一梯队的其他比较重要的诗人有徐铉、田锡、张咏、柳开、向敏中、王禹偁、寇準、杨亿、夏竦、范雍、宋庠、胡宿、余靖、尹洙、石介、祖无择、文彦博、张方平、蔡襄等。

第一梯队中的作家，大部分都有亲至边地的经历，其中还有很多曾作为边帅或者守臣较长时间在边疆地区任职、生活。如夏竦、范雍、范仲淹、韩琦是仁宗朝对西夏作战的重要帅臣。张咏曾于淳化五年（994）至咸平元年（998)、咸平六年(1003）至景德三年（1006）知益州。柳开则先后知贝州、桂州、邠州、邢州、代州等；向敏中先后知京兆府、延州延安府；寇準先后知同州、凤翔府、陕州、大名府、京兆府、相州等。而宋祁、欧阳修等人有出使经历。

（二）第二梯队——使臣为主导的作家群

第二梯队创作主体中首先最主要的是使臣（刘敞、苏颂、王安石、沈道都曾为使节)，其次是边疆帅守和有幕府经历的文士。这样的作家概况正契合了宋夏战争自仁宗后期随着夏主元昊的去世而稍缓，至于神宗时重开争端的过程。这一时期战事稍歇，友好相处的气氛比较浓郁。其间边塞诗创作的主要缘起是出使外邦，可以说“和平”是主题。

排在最后的范纯仁是第一梯队中范仲淹之子。父、子自然是两代人，而为父的文正公和为子的忠宣公恰好分居两梯队的首席和末尾，这也说明了自然形成的作家代群存在一定的“弹性”，并非像生物学中“种群”中的代际那样精确。

属于第二梯队的其他比较重要的诗人有曾巩、王珪、郑獬、张舜民、徐积、沈括、沈辽等。

第二梯队的作家中，很多人曾为使臣。如王珪于仁宗皇祐三年（1051）以太常博士、直集贤院、同修起居注衔充贺契丹正旦使；刘敞于仁宗至和元年（1054）为契丹国母生辰使；王安石于嘉祐八年（1063）春使辽；郑獬于嘉祐七年（1062）以右司谏、直集贤院、同修起居注使辽；陈襄于治平四年（1067）神宗即位时以开封府推官、盐铁判官充皇帝登宝位告北朝皇太后国信使；苏颂于神宗熙宁元年（1068）为使辽贺生辰、正旦；刘挚于神宗元丰五年（1082）以朝奉郎守礼部郎中为贺辽主正旦使，等等。

（三）第三梯队——文士为主体的作家群

此处的“文士”专指不同于前两者的纯文士。第三梯队首席是苏轼，是认识三个梯队的重要连接点。对于苏轼而言，他平生未能得见而引以为憾的范仲淹①是第一梯队之首席，仲

① 苏轼在《范文正公文集叙》中说，他早年求学时读到石介的《庆历圣德颂》，仰慕“四贤”盛名，后来举进士得入门欧阳修，并“因公以识韩、富”，唯至范仲淹去世而未能得见，“得其为人，盖十有五年，而不一见其面，岂非命也欤”，“恨予不识范文正公”。后世即有所谓“苏轼私识范仲淹”之称。

淹子范纯仁是第二梯队之殿军而与苏轼临近，正说明了苏轼和范仲淹是隔代的。他虽是第一梯队中年辈较晚的欧阳修之门生，但是欧、苏年龄相差三十余岁是超越一辈的，故分属一、三梯队也合乎情理。第三梯队中苏轼年纪较大的学生黄庭坚位列中间、年纪较轻的晁说之代表晁家兄弟居于最后，也说明了这一梯队主要生活在北宋后期。

第三梯队中的作家，以文士为主。其中只有苏轼曾在定州等边疆州郡任职，苏辙、彭汝砺曾为使臣，其他大部分人的主要身份都是普通的文士，政治地位不高。第三梯队作家的情况正合乎了北宋后期（尤其是徽宗朝）诗人政治地位的普遍下降，而创作趋于保守的概况。

属于第三梯队的其他比较重要的诗人有毕仲游、孔武仲、孔平仲、贺铸、晁补之、陈师道、杨时、张耒、李之仪、宗泽、李麻、唐庚、苏过、吴则礼、叶梦得等。

当然，这样的划分也不是非常准确地把几个“批次”的作家割裂。通常，后面一个梯队中年纪较长者在上一个时代已有所成就，也有晚辈者进入下一个时代。正是这样的薪火相传，才使得北宋的边塞诗词走出了自己的道路。

三、边塞诗词的媒介功能

古代的行军作战中，鼓锣号角是用以发号施令，做出军队集结或分散、进攻或退守的指令设备。《后汉书·公孙瓒传》中之言“鼓角鸣于地中，日穷月急”与《宋书·张兴世传》中所谓“我虽田舍老公，乐闻鼓角”即说明这个意思。因此，鼓角是古代军队中重要的联络工具和交流媒介。由于北宋边塞诗词具备一定程度上的“交往功能”，众多的作家通过边塞诗词的酬答发表意见、交流情感，使群体得以联系在一起。故从这种意义上讲，边塞诗词就堪称边塞作家“大军”中的鼓角。

通过对一千余首北宋边塞诗的梳理，我们发现，寄赠类型的诗占了很大的分量。边塞诗常常是送别或者寄赠诗，也有与友朋之间的唱和诗。送别诗创作的起因一般是友人要赴边任职或者游历。送别一般是面对面的告别，寄赠则是两人身处不同地方，通过诗词来传达感情。唱和诗也是如此。方回所谓“因送行言风土，佳句甚多”，有时候送行是因为友人赴任边地，那么诗歌就联络了诗人和友人。如姚合《送李侍御过夏州》一诗，《瀛奎律髓》选取并置于卷二十四“送别类”，但在诗后的评点中方回又明确表示这首诗写出了边塞风光：“此诗以‘虏近少闲兵’一句能道边塞间难道之景，故取之。”① 即说明了边塞诗与寄赠类型的关联。

而与前代不同之处，前代（包括唐代）或为旧题（乐府古题或古、近体的既定题目），或为新题，都有“专论”性质，而宋代的边塞诗则似乎带有“兼论”色彩——写作的主要目的是联络感情，或阐发观点，发表议论，边塞内容不过是“捎带”的。并非为写边塞而写边塞，这或许正是宋代边塞诗为何没有能够“独立”出来的重要原因。笔者以边塞诗创作总量居于前列的二十家诗人（范仲淹、宋祁、梅尧臣、欧阳修、韩琦、苏舜钦、刘敞、司马光、苏颂、王安石、强至、刘

① 〔元〕方回选评，李庆甲集评、校点：《瀛奎律髓汇评》，上海古籍出版社 2020 年版。

敚、沈遘、范纯仁、苏轼、苏辙、彭汝砺、黄庭坚、李复、晁说之，非依数量为序）为样本进行考察，标题中明确是送赠的有三百零七首，占了二十位作家创作总量五百八十七首的过半数。而以选本来看，如余正松《边塞诗选》中诗题中有“赠”“送（奉送）”“答（代答）”“贺”“献”“和”“酬”“次韵”“别”“呈”等字眼的就有三十七首（其中唐前有三首，唐代二十九首，宋代二首，宋以后三首），占总数的大约 14.5%。

第三节　自成一派的北宋边塞诗

一、关于“诗派”的讨论

在我们的一般认知里，提到边塞诗人，通常都会想起盛唐时期的岑参等边塞诗人。而事实上是后人形成了通过诗派来划分创作主体的形式。

在大家印象里，宋代出彩的边塞诗不多，更谈不上宋朝的边塞诗派。有研究者认为，宋代写边塞诗题材的诗人比唐代少得多，辛弃疾和陆游等作品远远不及岑参和高适的边塞作品质量高。在宋代写边塞题材的诗人虽然会有来往，但是交往并不密切，没有形成唐朝一般的边塞诗派创作群体。许多学者十分推崇和赞扬唐代的边塞文学，以为宋代的作品远远不如唐代，但是笔者对以此认为宋代边塞作家不成群体的说法存疑。

有文学研究者提出“宋代边塞诗派”的概念，学者肖鹏认为，从诗词的创作来看，寇準的作品展现出了他过于常人的眼光和胆量。寇準与范仲淹，曾经一起在西北从军，两个人完全有可能引领宋朝发展边塞诗。

有文学研究家认为范仲淹开创了宋代的边塞诗派，他的诗词作品苍凉开阔，引领了当时边塞诗的发展。类似的这些研究，都与边塞诗派的问题相关。

以客观的角度来看，宋朝时期的边塞诗人确实难以形成主流。但是以作家作为群体来切入，研究当时边塞诗的特点，具有很高的研究价值。比如张高平详细地对辽诗人特点进行专研，颇有贡献。

二、共同的创作处境

共同的创作处境分为两个主题，一个是“穷而后工”，一个是“江山之助”。什么是“穷而后工”？就是强调社会经历的重要性，也就是说社会经历对诗人的锻炼和打造最后形成的风格。“江山之助”则是重视对自然界的感触和理解，从而引发诗人的灵感。在边塞诗中，“江山之助”的特点是非常明显的，因为诗人往往都会经历过边塞的壮美，了解过边地的独特自然风光和地理人文等。这些因素直接激发了诗人的创作灵感，让边塞诗拥有了更多的素材。因此要想了解宋代的边塞诗，就需要深入分析这一时期诗人们共同的创作处境，也可以说是困境。

对宋诗来说，它所面临边塞题材创作的最大困境就是创新与突破。众所周知，边塞题材在唐朝中的发展很旺盛，是唐诗的代表领域之一。而且在唐朝一代辉煌、雍容的环境影响下，盛唐的边塞诗有着不错的成就，甚至成为典型的代表。所以边塞诗发展到了宋朝，就会面临着一个瓶颈期，成为一个艰难的选题。在这种环境下，就会出现“诗穷而后工”的论题。不过有点意思的是该题的重要对象——提出者欧阳修和实践者梅尧臣都是北宋著名的边塞诗词作家。欧阳修的理论归纳和梅尧臣的创作实践都大大体现了宋代诗人创作边塞诗的艰难处境，他们面临着唐代边塞诗巨大的成就无法后继的情况，还有如何创新开拓的难题。

如果从微观和宏观的角度出发，我们可以从诗人个体和国家大局层面分析。从诗人个体来说，“穷”不仅仅表达了诗人的经济状况和现实处境，更多表达着诗人在政治环境中的不得志，比如说对现实的不满，或者是人才没有得到很好的利用等，也就是常说的“怀才不遇”。常见的例子有梅尧臣、柳开等。从国家大局出发，宋代相比于汉朝和唐朝来说，不仅军事能力比较弱小，而且以文官为主、武官为辅。这种状态本就难以抵御外敌，再加上国家消极应战、积极谈和，终使宋代处于一个危险的处境。所以就出现了真宗时“澶渊之盟”的买和，仁宗时西夏的反叛，乃至于“靖康之耻”的发生，赵宋王朝堪称“穷”之至。然而国家军事实力的弱势，却刺激了文化成就的辉煌。这种“不平衡”①，也可以说是国“穷”而使文化“工”的一种表现。另外，宋诗面临着唐诗“范式”，进行创新存在着来自前代的巨大压力。尤其边塞诗，更有些鼎盛之后无以为继的意味。这就造成了宋代边塞诗创新的困境——这

① 张高评：《自成一家与宋诗宗风》，（台北）万卷楼图书公司2002年版。

是宋诗面临的“穷”境。“穷而后工”指的是因为文人穷困不得志，诗文就写得好，在边塞诗的创作上，可以表现为，因为特殊的宋朝审美关系使得当时的边塞题材陷入了“穷”的境况，迫使许多诗人必须在这种环境下寻求新的突破。

不可否认，虽然说唐朝的边塞诗成就非凡，但是宋朝对边塞题材的运用也是达到了高峰，而且其中也有一些创新的成功之作。当然，除了这些成功之作，宋代诗人在探索中也有一些失败作品。这些失败作品特点明显，就是散文化倾向过强，导致缺乏诗味。如刘敞《寄范十九》如此写：“君毋走马君竟走，走马蹶块伤君手。蹭蹬翻成折臂翁，世间肯要三公否。西郊虏骑非常壮，年年犯边杀边将。劲弓长剑如君徒，始堪追逐青海上。功名弃置时未可，意气激昂人所望。侧身万里风雪寒，无由赠子黄金丹。”从这首诗看出，这些遣词造句就像白话一样通俗易懂，而且说理性倾向明显。这样就会损害诗歌的情感和情怀表达，也削弱了边塞诗力量之美的特点，也就是缺乏了“骨气”。后面到了南宋前中期，部分边塞诗人及时醒悟，找回了一些边塞诗的“骨气”，从而达到了边塞诗创作的另一高峰，其中的代表如陆游，他的边塞诗也成了后代名作。由于宋朝过于追求平淡感，所以边塞诗所表现的情感都过于平实，在情感题材有限的情况下，甚至出现作品雷同的现象。如王珪的两首诗：

闻种谔米脂川大捷

神兵十万忽乘秋，西碛妖氛一夕收。

匹马不嘶榆塞外，长城乍起玉关头。

君王别绘凌烟阁，将帅今轻定远侯。
莫道无人能报国，红旗行去取凉州。

依韵和蔡枢密岷洮恢复部迎降

河湟形胜厌西陲，忽觉连营列汉旗。
天子坐筹星两两，将军归旆印累累。
称觞别殿传新曲，衔璧名王按旧仪。
江汉一篇犹未美，周宣方事伐淮夷。

两者在用词、造句上很相似，所用的都是现成典故，词汇都是常用的边塞诗语，加之二诗都是写西线捷报，因此相似度更高。试想，若不考虑音韵问题而将两诗中的句子打乱、重新整合，或许很难发现这是两首诗——这就是作品缺乏特色，惯于进行类型化写作的结果。

三、边塞诗词“可以群”

诗词酬答是文人交往的重要方式，由边塞诗酬答联络而成了作家交往之网。本书以北宋时期的边塞诗词作为基本资料，通过考辨作品的创作缘由来梳理作家们之间的交往关系。

友人身赴边疆、为国效力，身留内地者专门创作诗词，以此来送行，或遥寄问候，是很自然的事。而身至边塞同为诗人者，也会对在内地之诗友有所回馈，如庞籍《到塞后有怀青社》、夏竦《到任泾州寄长安府学诸先辈》、宋祁《余将北征先送同解》等即是。如此有来有往，边塞诗人的交往之网由此织就。可以说，因为边防军国要事，文臣武将之心聚集起来；而他们之间“文艺范”的交往又以边塞诗的形式得以维系。经由边塞诗，北宋许多文臣武将、高官小吏都被联系在了一起，边塞诗人得到了一定程度的聚合。

宋初朝廷南征北战，兵戈不止，广大文士将这些状况诉诸笔端。由于文献的散佚，这一时期的诗作保存很不完全，词作更是稀少。从现存的作品看，北宋最早的边塞诗词作家主要有徐铉、田锡、王嗣宗、张咏、柳开、向敏中、王禹偁、寇準、杨亿等人。而他们的创作也主要是自发的、个体性的，其创作也多是古体或是依照《塞上》等边塞诗旧题的作品。在数量有限的诗歌作品之中，也可以发现诗人之间进行联络的痕迹。如柳开主动请求任职边疆，潘阆写诗《寄赠柳殿院开授崇仪使赴边上》赠之；梅询赴任边郡，寇準作《遂转运梅学士巡边郡四首》、黄觉作《送梅昌言出镇太原》赠之。彼时，送友人至边地的诗中写边塞题材的已有不少，寇準《送人游边》、穆修《送人至边寨》、夏竦《送人游关右》即是其例，杨亿《郑工部陕西随军转运》《黄从事随军》《钱大夫赴并州》也是此类作品。这支宋代边塞诗的“先头部队”多是散布的个体作家，联系不够紧密，也未出现创作大家。此期边塞诗创作不足以表现宋初在平定南北各地的割据势力的过程，对宋辽战争也表现不够，反映史实功能总体上较弱。

与宋辽战争在边塞诗中的描写不足相比，持续百年的宋夏战争则在诗中得到了很好的书写。广大的诗人由此更加具有创作意识，自觉性增强，他们之间的联系也得到了加强。这一时期，名家辈出，范仲淹、宋祁、梅尧臣、欧阳修、韩琦、苏舜钦等为其中的代表，而以他们为中心，围绕宋朝与西夏等少数民族政权战和的大环境，借助出任边地官职等事由，边塞诗作家群体得以形成。我们将此间的边塞诗进行梳理，很容易看出他们之间的联系。

范仲淹是北宋第一位具有典型意义的边塞诗人。他在年辈上与夏竦、庞籍等相仿，比梅尧臣、欧阳修年长，但与他们都有所交往。范仲淹有突出的创作实绩，后文将详述。另有一些人，自身没有或有少量边塞诗词的创作，但因身居守边要职而收获很多他人的寄赠，他们成为北宋边塞诗人群体中的重要“联络人”，如梅询、夏竦、庞籍、滕宗谅、张亢即是如此。他们年辈都较长，梅询是梅尧臣之叔，显然早于以梅尧臣为代表的一批诗人；夏、庞、滕、张都是生于太宗雍熙到至道年间，是欧阳修、韩琦、苏舜钦等人的长辈。夏竦（985—1051），字子乔，江州德安（今江西省德安县）人，以文学起家，后在对外战事中颇有建树。仁宗庆历年间任陕西经略、安抚、招讨使等职，知任范仲淹为边帅，在好水川之败中能清醒地为韩琦辩护，因父承皓死于与契丹之战中拒任使臣。梅询曾作《送夏子乔招讨西夏》，后来梅尧臣也作《寄永兴招讨夏太尉》，诗注“代人”，如朱东润先生所言，或正是代梅询作。庞籍（988—1063），字醇之，单州成武（今山东成武县）人。曾以龙图阁直学士、知延州，俄兼鄜延都总管、经略安抚缘边招讨使，在抵御西夏的战争中有战绩。范仲淹有《和延安庞龙图寄岳阳滕同年》《依韵和延安庞龙图柳湖》写给庞籍；余靖也作《次韵奉和到塞下有怀青社之作》；而宋祁更是有多首诗写给庞籍，如《答庞丞相》《和庞丞相》《祗答相国庞公将至并部马上垂寄》《次韵天平观文庞相公以久留塞下见寄》《和延州经略庞龙图八咏》等；庞的学生司马光也写有《奉和经略庞龙图延州南城八咏》。滕宗谅（991—1047），字子京，河南洛阳人，与范仲淹是同年挚友，庆历间知庆州。范仲淹作有《和延安庞龙图寄岳阳滕同年》，后辈王珪作有《滕学士移河朔》等。张亢（998—1061），字公寿，京东临濮（今山东菏泽西北）人，起自儒生，晓兵法韬略，庆历元年（1041）出任并代钤辖、专管勾麟府军马公事，任内用兵收复要塞琉璃堡等，屡败西夏兵。余靖作《送张如京知安肃军》，梅尧臣有《环州通判张殿丞》，欧阳修作《送张如京知安肃军》。其边塞经历在一定程度上引领了梅尧臣、欧阳修等年轻一辈，有助于后者形成较为密切的边塞诗人群体。

梅尧臣亦是一位具有典型意义的宋代边塞诗人（其创作成就后文详述）。他虽有宏大的抱负，也通过亲注兵书《孙子》等实际行动表明了立功边疆的意愿，但却终未能如愿。因而他的边塞作品大多是寄赠身赴边地的友朋的。而通过这些作品，梅尧臣联络了很多边塞诗人，形成了北宋边塞诗人群体的一个重要部分。写给任职边地的友人的，如致尹洙《闻尹师鲁赴泾州幕》，写给刘敞、欧阳修的《次韵和永叔赠别择之赴陕郊》，送祖无择的《送祖择之赴陕府》；写给使臣的，如送谢绛的《送谢舍人奉使北朝》，几次送祖无择《送祖择之学士北使》《重送祖择之北使》；另外还有一些赠送之作，如致蔡襄的《蔡君谟示古大弩牙》，给刘敞的《依韵和原甫昭君辞》《再依韵》，给滕宗谅的《题滕学士九华山书堂》等。梅尧臣的好友中，尹洙因曾有边疆任职经历，很多边塞诗人与他有诗词的寄赠。尹洙（1001—1047），字师鲁，洛阳

（今河南洛阳市）人，好论兵，陕西用兵时被起用为经略判官，累迁至右司谏、知渭州，兼领泾原路经略公事。他与范仲淹、宋祁、梅尧臣等有交往，文学上是古文的倡导者，而此期间不少边塞诗即是写给他的。如宋祁作《尹学士自濠梁移倅秦州》，梅尧臣作《闻尹师鲁赴泾州幕》，刘敞有《贺尹学士辟经略府》。

欧阳修是一代文坛盟主，与梅尧臣、尹洙等人有友好的交谊，而边塞诗在他的作品中也占重要一席，如其《病中代书奉寄圣俞二十五兄》是写给梅尧臣的，《奉使契丹道中答刘原父桑乾河见寄之作》《重赠刘原父》写给刘敞，《唐崇徽公主手痕和韩内翰》是写给韩绛的。而在交往中，韩氏兄弟——韩绛（1012—1088）字子华，韩维（1017—1098）字持国，韩缜（1019—1097）字玉汝，也创作了一些边塞作品。韩维于仁宗年间由欧阳修荐知太常礼院，后通判泾州。他有写给刘敞的《奉答原甫登契丹岭见寄》，又有致苏舜钦的《答苏子美见寄》。韩缜于神宗时自龙图阁直学士进知枢密院事，曾出使西夏，作为朝廷代表接待辽使。韩维则有写给范仲淹之子范纯粹的《寄庆州德孺待制》。苏舜钦作《寄富彦国》赠富弼，《瓦亭联句》则是他与其兄苏舜元共同创作的作品。

在主要活跃于仁宗朝的边塞诗人中，刘敞是重要的一家，甚至被称仁宗时期文人的典型。[①] 他与其他边塞诗人有密切联系。刘敞父刘立之与范仲淹有交游，他本人也对范氏颇为钦

① 李强：《和而不同的文人世界：北宋庆历时期的士风与文学》，中国社会科学出版社 2014 年版，第 169 页。

服，曾作《贺范龙图兼知延安》敬献给这位前辈。仁宗庆历、皇祐年间，刘敞与欧阳修交往甚多，他先后作《寄永叔》《留别永叔》《次韵和永叔岁旦对雪见寄时某于上源驿典护契丹朝正使人日当归前一日始得此诗》，两人都曾为使臣出使辽国，颇多共鸣。刘敞的诗，另如写给梅尧臣的《重一首同圣俞邻几持国作用前韵》、赠贺尹洙的《贺尹学士辟经略府》等，都是有联谊功用的边塞诗。

在仁宗朝抵御西夏的边帅中，范、韩无异于一时之典范。这两位经略西北、兵拒西夏的名臣之间自然少不了诗文酬唱，如韩琦作《与余杭希文资政经时两绝音问忽得讯正与近致书同日因以诗寄》赠范仲淹。但二人虽为镇守西北、回朝参政的“同事”，实际上生于真宗大中祥符元年（1008）的韩琦，年纪小范不少，故此“连线”是“上达”前辈的。而平辈、晚辈也以边塞诗与韩多有酬答，如与韩同庚的赵抃有《送韩丞相琦出镇陕右》，晚辈邵雍的《和人闻韩魏公出镇永兴过洛》、李师中的《韩魏公席上为官妓贾爱卿作》，多是作于韩琦功成名就之后。

王安石在仁宗朝曾为外交使节，在神宗朝两度拜相，对当时的军国大事影响甚大。很多诗人创作边塞诗赠寄于他，如曾巩有《秋日感事示介甫》，沈遘有《过冀州闻介甫送虏使当相遇继得移文以故事请避诸路又以诗见寄次韵和答》等。王安石创作的以王昭君为题材的咏史诗得到了很多人的应和，成为边塞诗中的重要“选题”，如嘉祐四年（1059）王安石作《明妃曲二首》，欧阳修、司马光、曾巩、刘敞等皆有和诗。王安石也积极与众人以边塞诗词互动，如写给刘攽的《送刘贡父赴秦州清水》，写给元绛的《次韵元厚之平戎庆捷》，写给蔡襄的《和蔡副枢贺平戎庆捷》。其中后两者都是就神宗年间宋朝收复河湟地区之事而发的。熙宁六年（1073），王韶（字子纯）击败青海东部吐蕃首领，收复河（今甘肃临夏西南）、洮（今临潭）、岷（今岷县）、宕（今宕昌县）等地。这是北宋对外战争中的一次重要胜利，朝野士人颇受鼓舞，故当时即有不少人作诗以记，其中元绛之作反响不小。元绛（1008—1083），字厚之，钱塘人，举进士，受范仲淹荐，依智高叛岭南时以直集贤院为广东转运使。他的庆捷诗《贺王禹玉》云"前殿听宣中禁制，南宫看集外朝班。星辰影落三阶下，桃李阴成四海间"，得到了多人的唱和，除上面所提的王安石之作，王珪也有《和元厚之平羌》等。此次是北宋边塞诗的一次成系列的集中创作，颇有意义。

北宋后期，苏轼是边塞诗创作成就最大的作家，可谓一时之中心。来自各年辈的诗人多有与苏轼的诗词酬答。年纪较长的如张先有《定风波令·次子瞻韵送元素内翰》、刘攽有《次韵苏子瞻韩干马赠李伯时》、孙觉有《闻朝议以子瞻使高丽》，晚辈如秦观有《子瞻使高丽不成》等。苏轼为人热情，他的积极回应也催生了很多边塞诗词，如《次韵范淳父（甫）送秦少章》《次韵蒋颖叔二首》《送蒋颖叔帅熙河》《再送二首》《次韵颖叔观灯》《次韵钱穆父马上寄蒋颖叔二首》《送范纯粹守庆州》《送范德孺》，分别写给范祖禹（字淳父）、蒋之奇（字颖叔）、钱勰（字穆父）、范纯粹（字德孺）等。各人之间又有很多联络，如蒋之奇受赠的有范祖禹《送蒋颖叔赴熙州》、彭汝砺《送颖叔帅临洮》、毕仲游《熙州蒋颖叔侍郎席上》、秦观《送蒋颖叔帅熙河二首》《次韵出省马上有怀蒋颖叔》等，范纯粹所收到的有毕仲游《送范德孺使辽》、黄庭坚《送范德孺知庆州》、晁补之《送龙图范丈德孺帅庆》等。

苏轼、苏辙兄弟终生亲密无间、酬唱不断。大苏曾任职定州等边疆州郡，小苏则有出使契丹经历，二人的唱和之作中就有很多边塞诗词，如苏轼写给苏辙的《九月二十日微雪怀子由弟二首》《和子由苦寒见寄》《送子由使契丹》《次韵子由使契丹至涿州见寄四首》，苏辙写给苏轼的则有《神水馆寄子瞻兄四绝》《次韵子瞻人日猎城西》《次韵子瞻山村五绝（其四）》等。

第三章　北宋文人戍边与边塞诗创作

作家的体验对于文学创作非常重要。边塞文学的纪实性很强，与其他文学相比更依赖于社会实际而存在。边塞诗词要贴切、深刻地反映现实生活，更要求作家有亲身经历作保障，为描写生动、抒情真切提供实践基础。“谁要描写人和生活，就得经常亲自熟悉生活，而不是从书本上去研究它。”① 陆游诗《冬夜读书示子聿》中所谓“纸上得来终觉浅，绝知此事要躬行”即为此理。研究者指出宋代的“体验诗学”有两个主题，一是强调社会经历对诗人的玉成的“穷而后工”，另一是重视自然世界对诗人的激发的“江山之助”。② 后者即为对作者亲身经历影响创作的认识。向来被视为宋代边塞诗代表作家的陆游，就曾在诗中阐述边塞经历对其创作的巨大影响。他原本“我昔学诗未有得，残余未免从人乞。力孱气馁心自知，妄取虚名有惭色”，可以说对于作诗尚未入门，但当经历了“四十从戎驻南郑，酣宴军中夜连日。打球筑场一千步，阅马列厩三

① 安·巴·契诃夫：《契诃夫论文学》，汝龙译，人民文学出版社 1958 年版，第 399 页。

② 周裕锴：《宋代诗学通论》，上海古籍出版社 2019 年版，第 101 页。

万匹。华灯纵博声满楼，宝钗艳舞光照席。琵琶弦急冰雹乱，羯鼓手匀风雨疾”种种体验之后，“诗家三昧忽见前，屈贾在眼元历历。天机云锦用在我，剪裁妙处非刀尺”①，此时窥破诗家法门，下笔如有神助，可谓豁然开朗了。

虽然在讨论边塞诗的界定问题时，不能将作者是否有出塞经历作为评判的标准②，但必须要认识到，亲身到达边疆地区，在那里曾经生活过、经历过，其感受不一样，所创作出来的与未曾有过经历的诗人自然也是有异的。唐、宋边塞诗之所以风格迥异，最大的原因之一大概就在于诗人的生活经历相差很大。仅就北宋的边塞作家来说，有无实至塞上的经历、有无从军战斗的体验，直接影响作品的表现力。如《西夏纪事本末》卷十三所载，当时的边帅韩琦在好水川大败后“还至半途，阵亡者之父、兄、妻、子数千人号于马首，持故衣、纸钱，招魂而哭曰：‘汝昔从招讨出征，今招讨归而汝死矣，汝之魂识亦能从招讨以归乎？’既而哀恸声震天地，魏公不胜悲愤，掩泣驻马不能前者数刻”。如此惨痛的场面，只坐在朝堂上看那些文字和数字的人是很难获取深刻的震撼效果的。俗语有云“事非经过不知难”，上例正如寇準的边塞诗《塞上秋怀》中所云“未识穷边苦，今游信有之”，实至边地的体验对于诗词作品中描述、论说的真实感必有不容小觑的作用。

① 〔宋〕陆游：《九月一日夜读诗稿有感走笔作歌》，见钱仲联校注《剑南诗稿》卷二十五，上海古籍出版社1985年版。

② 这个问题在边塞诗研究史上一度成为讨论要点之一，详见《唐代边塞诗研究论文选粹》（西北师范学院中文系、西北师范学院学报编辑部编：《唐代边塞诗研究论文选粹》，甘肃教育出版社1988年版）中的相关文章。

第一节　北宋士人的边塞情怀

对于大部分宋代边塞的诗人来说，文学创作算得上是他们的副业，因为他们主要是以官职的身份到边塞的，只不过在履行官职而已。但是因为在履行官职过程中，他们可以看到边塞的实景，所以他们产生了最真切的想法，也对边塞诗词有了更高和更深层次的理解。在这部分诗人中，他们的边塞诗反映出来的真情实感十分强烈，描述的边塞风光、边疆风土人情、边塞经历生活都让人身临其境。

一、主要的边地活动及创作

目前我们所说的边塞诗涵盖范围极广。从严格意义上来说，边界、边疆、边塞这三个名词的概念和外延都是不一样的。从字面上来说，边界是一条线，主要是作为分割国家的标志。而边疆是国家范围内的一大片疆土，面积呈现大小不一。边塞则属于边疆内的一组内容。换句话说，边塞诗与边疆诗不同，它们也有具体的区别，只不过从后人的角度来看，现在的边塞诗和边疆诗界限逐渐模糊，而且主要都是对自然环境的真切感受，从诗中呈现出军事防御、自然气候的紧张感和压迫感。气候、地貌、民俗风情等自然、人文地理因素有一定范围的辐射能力，并非一城一池之隔就差异很大。而特定的历史条件下，尤其是战争频发的时期，边塞的军事防御功能也会展开，把边疆很大的区域都统摄其中，成为“战区”“军区”等军事区。如本书第一章即考证了北宋针对辽设置的三道军事防线，其广度已涵盖了“路”一级的广大区域。所以边塞生活对于创作者的经历来说也起了很大的作用，在相当大的一个范围内，边塞与边疆地区都是类似的。而且文学具有修饰的作用，不一定是完全的写实，所以边塞诗在某种意义上与边疆诗也很相似。一些诗人创作时不一定非得到了边疆才能创作出边疆诗。他们在相互比较中通过想象就能够达到一定的创作。

对于这些诗人来说，他们的主要目的是完成政治任务，并不是写诗诵词，所以他们是在执行差事的同时完成对文学的研究和领悟。那么，他们不是被迫去创作这些作品，而是自愿去创作的，所以他们的想法带有很强烈的主观性，能够体现出自己此刻的想法。特别是在经历了边塞生活后，他们的感触更多，不管是对大自然的领悟，还是对人生的感慨，以及时间的流逝、生命的珍惜，都有所涉及。当然也有一些诗人经历丰富，在没有迁移到边塞时，他们的所见所闻与边塞也产生了巨大的对比和反差，从而直接反映在作品中。目前常见的边塞诗中大部分描写了经略边关、主持边战的内容。

有实至边地经历的北宋士人，主要有经略边疆的帅臣、出守边州的文臣和奉命出使邻邦而经过边塞的使臣等。当然，有的作家有多重经历，如刘敞既曾为边疆帅守，又曾作为使臣出使外邦，可以归为帅守诗人，也有很多作家曾知边地州郡。他们在边地的主要活动，大致可有如下分类。

其一是经略边关、主持边战。在北宋年间，边塞诗词创作者非常多，而且边帅也有很多人。比如范仲淹、韩琦等将帅，还有夏竦、寇凖、范雍、沈括等人。虽然有些人的作品不多，但是质量极高，此类作家亦是重要的代表。这或许正得益于他们与边塞和战争“零距离接触”的实践经历，以及因之带来的深切的亲身感受。

亲历战争者，其体验最为深刻。亲历宋与辽的战争的诗人，寇準是典型代表。而且，他是“澶渊之盟”之前真宗御驾亲征、与辽交战的总指挥。寇準（961—1023），字平仲，汉族，华州下邽（今陕西渭南）人。太平兴国五年（980）进士，历同知枢密院事、参知政事，曾两度入相，一任枢密使，出为使相。寇準最大政绩可以说是坚决劝说真宗御驾亲征，抗击辽军。《宋史》卷二百八十一《寇準传》有详细记载：“（景德元年）是冬，契丹果大入。急书一夕凡五至，準不发，饮笑自如。明日，同列以闻，帝大骇，以问準……因请帝幸澶州。同列惧，欲退，準止之，令候帝驾起。帝难之，欲还内，準曰：‘陛下入则臣不得见，大事去矣，请勿还而行。’帝乃议亲征”“及至南城，契丹兵方盛，众请驻跸以觇军势。準固请”“帝遂渡河，御北城门楼”“帝尽以军事委準”。在国家危亡之际，寇準起到了“柱石”作用，他具备东晋名相谢安一样的沉稳，又坚毅果敢，熟知兵事，最终达到“河北罢兵”的战略目的。

柳开也亲身经历了宋辽战争。柳开（947—1000）原名肩愈，后改名开，字仲涂，号东郊野夫、补亡先生，魏州（又称大名府，今属河北）人。太祖开宝六年（973）进士，曾为宋州司寇参军，尝从太宗平北汉，督运楚、泗八州粮草，后因与兵马都监纷争被贬。雍熙间自请从武，遂改以崇仪使（武官官阶）知宁边军等。真宗时加如京使（武官官阶），咸平三年迁沧州。柳开是进士出身，本来一直是文职，他自请换为武阶。《宋史·柳开传》载："会大举北征，开部送军粮，将至涿州，有契丹酋长领万骑与米信战，相持不解，俄遣使给言求降，开谓信曰：'兵法云：无约而请和，谋也。彼将有谋，急攻之必胜。'信迟疑不决。逾二日，贼复引兵挑战，后侦知果以矢尽，俟取于幽州也。师还，诣阙上书，愿从边军效死，太宗怜之，复授殿中侍御史。雍熙中，使河北，因抗疏曰：'臣受非常恩，未有以报，年裁四十，胆力方壮。今契丹未灭，愿陛下赐臣步骑数千，任以河北用兵之地，必能出生入死，为陛下复幽、蓟，虽身没战场，臣之愿也。'上以五代战争以来，自节镇至刺史皆用武臣，多不晓政事，人受其弊。欲兼用文士，乃以侍御史郑宣、户部员外郎赵载、司门员外郎刘墀并为如京使，左拾遗刘庆为西京作坊使，开为崇仪使、知宁边军。"柳开是宋初由文改武、主动从军的士人的典型代表。柳开存诗很少，但一首《塞上》（"鸣骹直上一千尺"）堪称宋代边塞诗中的精品。

宋夏战争之际，范雍、夏竦、范仲淹、韩琦等是经略宋朝西北的知名帅臣。他们在军事才能上有长有短，战功有大有小，但对战争的体验角度是相似的。范雍（981—1046），字伯纯，真宗咸平初进士，仁宗时以文奉武为边帅。明道二年（1033）罢知陕州，宝元二年（1039），以资政殿学士、吏部侍郎为振武军节度使，知延州。范雍人称"大范老子"，军事才能有限，在抵御西夏的战争中常有过错，但其闭门坚守也常使城得不陷。

庆历元年（1041）二月，西夏国主元昊率军攻渭州。同年四月，夏竦被诏为宣徽南院使兼陕西四路经略安抚招讨等使，判永兴军，韩琦、范仲淹为副使。宋军在好水川被全歼，大将任福战死，夏竦上书言责不在韩琦。他又能识人，保荐范仲淹任副使，对于安定西北的局势有重要贡献，自身也深受战火洗礼。

其二是知边州、守边郡。北宋时处在边疆的诸路是河北（东、西）、陕西（鄜延、环庆、泾原、秦凤）、西川（利州、益州、梓州、夔州）与广南西等。

宋王朝北方边境上的河北、河东路的诸州中，有很多诗人在此任职。如苏颂曾在沧州，欧阳修、韩琦、宋祁曾在镇州（真定府），田锡、韩琦曾在相州，韩琦、宋祁、苏轼曾在定州，王嗣宗、梅询、夏竦、韩琦、富弼、庞籍、王安礼等曾在并州（太原府），尹洙曾在晋州（平阳府），柳开曾在代州。西北方向陕西诸州，是与西夏对峙的重要阵地，有大批边塞作家在此任职，如寇準、王嗣宗、梅询、范雍、祖无择、张舜民等先后在陕州任职，向敏中、范雍、范仲淹、庞籍、沈括、孔平仲先后主持延州（延安府）的军政，范仲淹、滕宗谅、尹洙、蔡挺、范纯仁、范纯粹、孔平仲、宇文虚中先后知庆州（庆阳府），另外，柳开、王嗣宗先后于淳化年间和庆历年间知邠州，韩琦、文彦博、张方平、李师中曾任职秦州，寇準、滕宗谅、李师中则在凤翔府任职，等等。这些诗人任职边州，时间上有长有短，次数上有多有少。如寇準曾到同州、凤翔府、陕州等六处边地任职，张咏两次到任益州（成都府），累计任职时间前后跨九个年份，韩琦曾四次挂名相州等。

曾知边州的边塞诗人典型代表有王嗣宗、张咏、向敏中、梅询、庞籍、苏轼等。张咏（946—1015），字复之，自号乖崖，濮州鄄城（今山东鄄城）人，太平兴国年间进士，累擢枢密直学士，真宗时拜礼部尚书。张咏曾于淳化四年（993）、景德二年（1005）二度掌三班院。至道元年（995）至咸平元年（998）和咸平六年（1003）至景德三年（1006）两度知益州，咸平五年（1002）、六年（1003）知永兴军。

向敏中（949—1020），字常之，开封（今河南开封）人。曾任枢密副使。咸平初年，授官兵部侍郎、参知政事。随真宗前往大名，代理兼知枢密院事。后为河北、河东安抚大使至边郡，景德二年（1005）为鄜延路都部署兼知延州。向敏中颇得真宗器重，《宋史·向敏中传》中有"真宗即位，幸澶渊，赐敏中密诏，尽付西鄙，许便宜从事"，并赞扬云"大臣出临四方，惟敏中尽心于民事尔"。

另如李师中，楚丘（今山东曹县）人，徙居郓（今山东郓城县）。年十五，即上书议论时政，由是知名，后中进士。累官提点广西刑狱，摄帅事。熙宁初，历河东转运使，知秦州、舒州、瀛州。而尹洙曾以右司谏兼领泾原路经略公事，《宋史·尹洙传》载其"自元昊不庭，洙未尝不在兵间，故于西事尤练习"。

其三是出使邻邦，途经边塞。进行边塞诗词创作的使臣有宋祁、欧阳修、刘敞、王安石、沈遘、苏辙、苏颂、彭汝砺、刘跂、王珪、张舜民、余靖、陈襄、郑獬、刘挚、王钦臣等。

值得注意的是，有的作家既曾为边地帅守，也曾作出聘邻邦的使臣，几次到达边塞的身份有所差异。如韩琦既是经略西北、抗击西夏的著名帅臣，又曾于仁宗年间出使契丹；苏颂曾于神宗熙宁元年（1068）和十年（1077）两次出使辽国，是外交上颇有成绩的使臣，也在元丰三年（1080）、四年（1081）知沧州。又如张方平曾知边州，也曾为使臣，边塞诗有十余首。张方平（1007—1091），字安道，号乐全居士，应天府南京（今河南商丘）人。《宋史·张方平传》载其对于周边局势有较为清晰的认识："得新附之小羌，失久和之强敌，非计也。宜赐元昊诏，使之审处，但嫌隙朝除，则封册暮下。如此，于西、北为两得矣。"嘉祐五年（1060）至七年（1062）知秦州，仁宗年间以修起居注使契丹。另外，著名的科学家沈括也是兼有两种身份，他既是一位颇有成绩的使臣，也曾为西北边地帅臣。

沈括（1031—1095），字存中，号梦溪丈人，浙江杭州钱塘县人，政治家、科学家。仁宗嘉祐八年（1063）进士及第，神宗时参与熙宁变法，颇受王安石器重。熙宁七年（1074），沈括出任河北西路察访使，提举义勇、保甲诸事，任上积极改革军政，巩固北疆国防，返京又上疏提出多项整改意见。熙宁八年（1075），宋、辽两国就边界问题产生分歧，辽使来京问询。沈括以官方所存文献为解决争端做出了重要贡献，接着受神宗之命，以回谢使身份出使辽国。使辽中，沈括不辱使命，据理力争，维护了宋朝的利益。沈括是著名的科学家，精通术数、物理、天文、地理，他借助使辽的机会绘出《熙宁使虏图抄》这一重要的边界考察报告性资料。元丰三年（1080），沈括出知延州，兼任鄜延路经略安抚使，驻守边境，抵御西夏，元丰四年（1081）、五年（1082）仍在任。沈括颇具军事才能，他在任期间取得了夺取浮图、吴堡、义合等城池之功。

其他的，如徐铉（916—991），字鼎臣，广陵（今江苏扬州）人，由南唐入宋，曾随太宗征太原，师还，加给事中。他有少量边塞诗创作，如《赋得霍将军辞第》曰“汉将承恩久，图勋肯顾私。匈奴犹未灭，安用以家为”“宁烦张老颂，无待晏婴辞”，既是咏史，也抒己怀，颇有壮气。宋初士人，因当时战火频仍，即使纯乎文人，也有不少人曾有边地经历，并进行了一定的边塞诗词创作。这说明了实际体验对于创作的重要意义。

另有一些文臣，曾在处于边疆的州郡任职，但时间太短，笔者未将其放入有边地生活经历的作家之内。如宋庠出判相州的时间，据李之亮《宋河北河东大郡守臣易替考》考证，只嘉祐八年（1063）一年，且此时已是其晚年；又如司马光于熙宁三年（1070）九月知永兴军，次年（1071）二月即离任。他们在边地驻留的时间太短，如此短暂的经历对其创作影响甚微，故研究时将这些人视为无边塞生活经验者。

二、亲见边景与真实描绘

对异乎内陆的自然风光进行描绘是边塞诗词的重要功能之一。但诗词中的风光景致是亲眼所见并进行有限范围内的艺术加工，还是未曾亲见、完全凭借想象与艺术虚构，两者还是有所不同的。因为唐人一度漫游成风，很多士人都有亲临边塞的经历。北宋边塞诗人对边塞的实际经历则相对贫乏得多。因此，进行有实至边地经历作家之作的专门研究，通过与无实践基础、全凭想象进行创作的作品进行对比，对于认识北宋边塞诗词的特色是有益的尝试。

边塞风景突出的表现是与内地的巨大差异，如王操为数不多的诗作出色地写出了边塞特有的风光。王操，字正美，生卒年不详，生活在太宗年间，但颇有文名。他曾奉使陇右，亲身体会了边塞独特的环境，因此写得格外真切。如其《游边上》：“佩剑游边地，悲风卷败莎。雕饥窥坏冢，马渴嗅冰河。塞阔人烟绝，春深霰雪多。蕃戎如画看，散骑立高坡。”方回评其“尾句真如画也”。《并州道中》写道：“从军无住计，近腊塞门行。风劈面疑裂，冻粘髭有声。太阳过午暗，暮雪照人明。马上闻吹角，依依认汉城。”写边地“风劈面疑裂，冻粘髭有声”的极端天气，正是岑参笔下“风头如刀面如割”“马毛带雪汗气蒸，五花连钱旋作冰”（《走马川行奉送出师西征》）的再现。

边塞的四季颇见特色。边塞之春，如寇準的《边城春望》写道：“独望原西路，离襟倍黯然。青山遮故国，绝塞度新年。风聚沙迷岸，烟开烧满川。归心正无际，骠骑莫留连。”写青山连绵，风沙迷岸，而水烟弥漫的状态。塞上之春，寒气未消，常与雪相伴，王操的《游边上》说“塞阔人烟绝，春深霰雪多”，其《塞上》又云“风高雪洒春”。因为寒冷，所以“春暖花开”就推迟了，范仲淹《城大顺回道中作》中所写的“三月二十七，羌山始见花”，而宋祁《张宫苑拜嘉州刺史知恩州》中所谓“剑南剩腊梅迎使，塞下新春柳映营”，则是因为要“迎使”而进行的艺术想象。

夏季的基本特征是炎热，但边塞的夏则不见得如此。不同的人在感觉上可能有所不同。李觏《送路拯北游》言“六月地欲赤”，而徐积《寄吕帅五首》之五却说“边城六月已如秋”。吕南公《送人游边二首》之一云：“六月洮河上，惊飙雹似拳。”这当然是用了艺术的夸张，说冰雹大似拳头，但这也是基于西北边地严寒的基本气候特点而言的。陶弼《塞上》写道：“星落胡王死，河窍汉使归。雪山经夏冷，天马入秋肥。”此被刘克庄视为经典佳句。陶弼（1015—1078），字商翁，永州（今湖南省祁阳县）人，倜傥知兵，又能诗，有“左诗书，右孙吴”之誉，庆历中将兵作战，有战功，换崇仪副使，迁为使，曾两知地处南疆的邕州。他是在边地和军中生活过的诗人，有实际的体悟。其诗言“雪山经夏冷”，仍是强调塞上寒冷的环境。文同《大热过散关因寄里中友人》详细地写出了夏日经过大散关的炎热感受：

六月日正午，大暑若沸镬。
时行古关道，十步九立脚。
烟云炙尽散，树木晒欲落。
喉鼻喘不接，齿舌津屡涸。
担血僮破领，鞍汗马濡膊。
幽坑困猿狖，密莽渴鸟雀。
至此因自谓，胡为就名缚。
所利缘底物，奔走冒炎恶。
尘心日夜迫，欲住不能略。
因念吾故园，左右悉林薄。
昔我未第时，此有文酒乐。
长松借高阴，飞瀑与清濯。
层崖对僧咏，大石引客酌。

畏景虽赫然，无由此流烁。
于今只梦想，欲往途路邈。
所效殊未立，期归尚谁约。
徒尔发短歌，西首谢岩壑。

此诗写夏日正午天气炙热，行人难以立足——“十步九立脚”，口干舌燥，用了一系列人、畜的表现来极写热的程度。这与前引例中所写的塞上夏季也冷出现很大的偏差。但综合来看，或是严寒，或是炎热，总之是气候极端，与内地殊异。

宋代边塞诗词中写秋天的，以范仲淹《渔家傲·秋思》最为著名，除此之外，也有不少作品写得较好。韩琦于皇祐五年（1053）、至和元年（1054）知并州时作的两首诗写道：

并塞晚秋

莫赋悲哉学楚骚，寒庭秋色一时高。
霜严猎卫鹰权峻，风入弓胶士气豪。
对月清吟森玳瑁，吹花芳酌醉葡萄。
汾波照骨银河淡，晓夕寒光助帐刀。

北园秋雨

轻雨来秋晚，郊园对客樽。
暂和春气味，将冷雪胚浑。
声入关榆苦，阴缠塞岭昏。
黄花应自笑，摇落独承恩。

自然的描写增添了不少人文意趣。前者点明秋色高，使用了一系列借代或比喻性的词句，如“森玳瑁”“醉葡萄”等，后者将秋与春、冬相对比，写景的时候也不免透露出“苦”的意思。“苦”在寇準《塞上秋怀》中又表现了出来。《塞上秋怀》：“未识穷边苦，今游信有之。秋林残照后，关路独行时。碛迥风长急，天寒雁度迟。离心已无赖，更听戍楼鼙。”残照、沙碛、寒雁等意象极力渲染边塞的萧索秋意，为“苦”的感情作有力的衬托。

塞上苦寒，而冬来更加明显。彭汝砺《塞外冬至》写道：

> 今年至日是今朝，日影方长路更遥。
> 霜雪辛勤白榆塞，鹓鸿怅望紫宸朝。
> 阴冥丘壑云长暗，阳触渊泉冻欲销。
> 欲问春来消息近，几多垂柳在溪桥。

本诗描写冬至节气里的边塞。冬至日是北半球广大地区一年中白日最短的一天，霜雪遍布塞上，天阴云暗，寒冷异常。即使在如此的时节，于镇守边疆、保家卫国的将士来说，军事的训练仍是不可或缺的。如韩琦《甲午冬阅》即写冬季里的阅兵活动，诗中“锐”“干”“湍”以硬质的词语写出了冬日里练兵的艰辛。阅兵是室外的活动，那么若是在室内，且是饮酒取暖，又当如何？同样是边地，同样是冬至这一天，苏颂《冬至日瓦桥与李綖少卿会饮》云：“使传驱驰同被命，边城迢递偶相从。风霜正急偏催老，岁月如流又过冬。方念去家千里远，无辞沈醉十分浓。须知此会洵堪喜，北上河桥便寡悰。”可见犹然未忘“风霜正急”的大环境，寒意可谓笼罩了整个世界。

边塞地之寒，多是地理位置在北，受冬季风影响大的缘故。而风行时带沙土，风沙也就成了边地突出的现象，张咏《新秦遣怀》所谓“风动沙昏昼，寒多雪折松”并不稀罕。欧阳修《风吹沙》即云：

> 北风吹沙千里黄，马行确荦悲摧藏。
> 当冬万物惨颜色，冰雪射日生光芒。
> 一年百日风尘道，安得朱颜长美好。
> 揽鞍鞭马行匆迟，酒熟花开二月时。

该诗集中描绘边地风沙之猛烈，表现了寒冬中在风沙的肆虐下“万物惨颜色”“射日生光芒”的情景。此诗被李之亮等编辑的《边塞诗精华》选入。而在《奉使契丹二十八首木叶山》中，苏辙写道：“奚田可耕凿，辽土直沙漠。蓬棘不复生，条干何由作。兹山亦沙阜，短短见丛薄。冰霜叶堕尽，鸟兽纷无托。”北地的寒冬简直成为荒凉的绝漠，植物枯萎，动物无所藏匿，萧索的氛围弥漫。韩琦北使日所作的《紫蒙遇风》则如是写道：“草白岗长暮驿赊，朔风终日起平沙。寒鞭易促鄣泥跃，冷袖难胜便面遮。迥岭卷回云族破，远天吹入雁行斜。土囊微乞缄余怒，留送归程任摆花。”紫蒙是古地名，在今辽宁省朝阳县境内，曾为古时出兵之地，在北宋时出使辽国也必由此地。韩诗写沙尘的持久以及造成的强烈的不适感。使臣郑獬《被恩出使》亦云：“镜湖清浅越山寒，好倚秋云刮眼看。万里尘沙卷飞雪，却持汉节使呼韩。”

既然是冬季，雪是少不了的。沈遘《出都日大雪》如此写道："朔风万里来，一夜卷飞雪。漫漫国门路，转毂失故辙。鸟翼压不开，马蹄僵欲折。问我行安之，衔命使胡羯。君恩念勤远，敦遣礼无缺。赐金戒私装，卜日出汉节。太官载供张，厩马先简阅。光华自难胜，敢复诉劳茶。独哀徒御众，驱驰犯寒切。每怀实靡及，勖尔保嘉烈。"诗中不吝夸张笔法，说大雪在一夜之间，借着万里的劲风而来，席卷了整个世界，使得行车失辙，鸟不能飞，马不得行。其威力惊人！雪成了冬的代言，更使塞上之人认为它是不可或缺的，以至于无雪的时候还会念叨，如刘敞的《答张给事途中微雪见寄四韵》说："空行万里塞，不见六花飞。"沈括的《延州》诗中则云："二郎山下雪纷纷，旋卓穹庐学塞人。化尽素衣冬不老，石油多似洛阳尘。"其将纷纷落于二郎山下的大雪譬为冬之素衣，并为之葆有"青春不老"。颇有意思的是，这首诗中还提到了边地的特有物产——"石油"，沈括在其《梦溪笔谈》中首次把这种天然矿物以"石油"命名。

需要指出的是，这些对于边地寒雪的描绘是基于亲身体验的。其文字尽管多借助夸张的笔法来实现艺术效果，但真实感却鲜明。不妨以之与身在内地的诗人的边塞诗作对比，更能体现二者的差异。林逋《雪三首》之一："瓦沟如粉叠楼腰，高会谁能解酒貂。清夹晓林初落索，冷和春雨转飘萧。"此作同样是写雪，但因作者常年身处内地，春雪写得颇为温柔轻巧，与塞上惯为狂风席卷的雪，一个优美，一个豪壮，大异其趣。

另外，身处边地时间长了，不仅能感受到那里严酷的环境，有时也能有些许惬意之感。如韩琦的五律《寒食》写道："塞上逢寒食，郊园此重临。一时行乐意，万室欲春心。节物随人好，风光得处深。只思民尽适，守鬓忘霜侵。”“节物随人好，风光得处深”写出了唯有身处其中并“深”者才能得其妙处的意味，这与匆匆经过边塞的“浅尝辄止”或从未有到达边塞经历者的耽于幻想是明显不同的。而其《初秋塘上》所云：“池塘凉意早，秋色动边关。酷暑不终暴，清风来自闲。畏螳蝉屡起，辞幕燕将还。尽日当轩卧，看云归故山。”其中流露的些许优雅闲适，与范仲淹《依韵和延安庞龙图柳湖》的“江景来秦塞，风情属庾楼”之句一样，颇见久驻塞上生出了一点闲情之感。沈括的《延州柳湖》三首中的“其三”也堪称典型之作。《延州柳湖·其三》：“日暖闲园草半薰，不堪春兴蝶纷纷。山烟梦松成微雨，关月帘纤出断云。三弄倚楼喧晚操，六花分队驻新军。终年不见江淮信，吟向胡笳永夜闻。”山烟、梦松、微雨，竟如是轻柔，与上所引林逋写雪诗的感觉相近。但须知两者的区别在于，林诗是“第一层面”上实写雪，而这里沈诗是“第三层面”上的“看山还是山”，是久在边地生出的一种新的感觉。庞籍的《到塞后有怀青社》是身至塞上时，回想内地并与之对比。《到塞后有怀青社》：“初到营陵春始回，泱泱风物接梧台。鱼盐利重通阛盛，筝瑟声和宴席开。天妹肤云连岱色，海中灵药慕仙才。早知未许身闲去，悔舍尧田石涧来。”此诗进行的描写可作参照。

诗词中写边塞地貌之非凡并不鲜见。如韩琦庆历八年（1048）知定州时所作的《北岳》：

四海尊方岳，常推朔镇雄。阳为中夏胜，阴与北胡穷。
孕秀贤豪出，宣灵造化通。斗乘天位正，乾发帝基隆。

盛畜严凝气，横障广莫风。举头瞻峻极，危坐压崆峒。
殖物资坤德，栖真固坎宫。星躔函毕昴，祀典轶王公。
俗仰良材富，年随喜泽丰。左肱挥渤澥，右股跨獯戎。
地险祠庭革，时平戍垒空。岚光朝扑黛，宝色夜舒虹。
有药皆奇种，无花不异丛。层巅健雕鹗，怪穴老罴熊。
肆觐仪虽阔，斯民望未充。何时清大漠，封牒纪宸功。

诗作写出了北岳的面貌，可谓“形胜”。而此山岳又有分隔华、胡的特点——“阳为中夏胜，阴与北胡穷”，因此地理位置显要，是当之无愧的关塞。北岳雄伟非凡，储存了能量巨大的“严凝气”，阻挡了“广莫风”，即北风，其作用巨大。《礼记·乡饮酒义》云：“天地严凝之气，始于西南而盛于西北，此天地之尊严气也，此天地之义气也。”诗人赋予了此岳以“推”“尊”的象征意义。此类描写在诗词中也有，如裴湘《浪淘沙》其一：“雁塞说并门。郡枕西汾。山形高下远相吞。古寺楼台依碧嶂，烟景遥分。晋庙锁溪云。箫鼓仍存。牛羊斜日自归村。惟有故城禾黍地，前事消魂。”其上片尽写雁门关地理位置之险峻，以西汾为枕，吞高山峻岭，堪称雄关。

三、亲务边防与纪实书写

边塞诗词中对军旅生活的描述是其主体内容之一。而在那些作为边疆大吏、主持边塞防务的诗人笔下，叙述、描写都更真实，抒情更能有所依托。其中，韩琦是典型代表。

韩琦是一代名臣，在军事、政治、外交等方面都颇有建树，与他的“前辈同事”范仲淹因镇守西北、抵御西夏而并称。韩琦有丰富的边地经历。作为边帅，他在朝廷对西夏用兵时任陕西经略安抚副使，主持泾原路，后为秦州观察使，长期主掌边防军务；作为守臣，他曾先后于庆历元年（1041）、庆历二年（1042）知秦州，庆历七年（1047）、八年（1048）知镇州（真定府），庆历八年（1048）至皇祐五年（1053）知定州（中山府），皇祐五年（1053）至至和二年（1055）知并州（太原府），至和二年（1055）、三年（1056）和治平四年（1067），又熙宁六年（1073）至八年（1075）屡次知相州，治平四年（1067）、熙宁元年（1068）知京兆府（永兴军），熙宁元年（1068）至六年（1073）知大名府，其任职地跨北边、西北多处；作为使臣，他又曾于仁宗宝元元年（1038）以右司谏、直集贤院假太常少卿、直昭文馆充贺辽正旦使，出使辽朝。韩琦几乎是北宋一代边地生活经历最为长久、多样的代表。

韩琦饱受战火洗礼，对于战争有深切的体会。前文所引他在兵败回返途中遇到战死士卒亲人“招魂”之事，即是一例。他的边塞诗词对于边防的方方面面多有纪实性描写。如其《甲午冬阅》：

练士当时阅，临高共一观。势凭朝气锐，令入晓霜寒。
事重三军国，形存八阵滩。烧烘旗帜动，雷吼鼓鼙乾。
画守谁能犯，循环莫见端。赴溪驱稚子，飘石走惊湍。
弹压提封静，周旋四野宽。机深天地秘，知少古今难。
寨巧花齐出，营新月未圆。全师充国慎，坚卧亚夫安。
鹅鹳行虽卷，貔貅伎要殚。撒缰驰铁骑，叠箭取银盘。
避槊身藏镫，扬尘足挂鞍。弩飞三刃剑，炮掷百星丸。

铙管喧归队，肴觞足犒餐。父兄人自卫，凫藻众胥欢。
有志铭燕石，无劳误汉坛。壮心徒内激，神武正胜残。

本诗详细地描写了至和元年（1054）的一次阅兵活动。《续资治通鉴长编》卷一百二十八载：“（康定元年）九月，诏河北、河东路强壮，陕西、京东西路新置弓手，年二十系籍，六十免。听私置弓弩。每岁十月后、正月前分番上州教阅，半月即遣归农。”本诗即作于如此背景下。诗的开头即点明了阅兵的主题，后文中对军队的雄武进行了详细的描绘，行伍之形状、行动之特点、武器之装备，都一一展示。因为诗人正是一位久经沙场的元帅，生平曾多次检阅军队，所以他写起来就能滔滔不绝但均有所依托，极尽夸饰却不令人生冗赘之感。

又如其《常山出郊马上口占》是庆历八年（1048）知真定府时作：“旌旗乘晓出郊原，五马临风一慨然。山势似屏西限晋，地形如掌北擒燕。麦含丰泽催齐秀，蚕饱柔桑起大眠。守帅勉希廉与蔺，九重高枕不忧边。”本诗从诗题即能看出是于马上随口而成，其中对于山势地形如屏似掌的峥嵘风貌的描绘颇具动感，正是作者外出巡查、加强防备时处在行进中所视的真实写照。韩氏另有两首诗《黑砂岭路》《过吴儿谷》。《黑砂岭路》云：“诘曲榆关道，终朝险复平。后旌缘磴下，前骑半天行。举目自山水，劳生徒利名。报君殊未效，何暇及归耕。”《过吴儿谷》道：“晓入吴儿谷，危涂信不虚。千峰疑绝路，一径俯容车。山鸟过云语，田夫半岭锄。时平尽周道，天险欲何如。”前者为诗人皇祐五年（1053）知并州途中所作，后者乃其至和二年（1055）由并州回相州途中所作，二作均写出了行进之感。

刘敞曾以翰林侍读学士任永兴军路安抚使，兼知永兴军，作有《观陕西图》三首①。

观陕西图　二首

险固非天意，承平怪主忧。
三年劳将帅，万里问旃裘。
尚记安西道，空悲定远侯。
大河知所向，日夜正东流。

忆昨传消息，羌来渭水旁。
信知秦地险，未觉汉兵强。
青海通西域，长城起朔方。
分明见地里，怅望隔要荒。

观陕西图

乘槎汉使者，聚米马将军。
关塞他年阻，河山此座分。
悠悠伤战骨，处处怒妖氛。
未分儒生老，深希笔砚焚。

① 榆林市诗词学会编纂：《榆林历代诗词全集·二》，陕西人民出版社2018年版，第58页。

至和二年八月，刘敞受朝廷委派出使辽，祝贺辽太后生辰，作有使北诗《自入北界虏人候迓供帐每进益恭少尝至契丹者皆云异他日示陈副使希元》。

自入北界虏人候迓供帐每进益恭少尝至契丹者皆云异他日示陈副使希元

刘敞

和亲虽复用诸儒，圣德由来北服胡。
天子今成大父行，匈奴自号儿单于。
女真守燎羯围马，渤海西道奚前驱。
塞外始知汉使贵，留犁挠酒直区区。

中京纪事

苏颂

边关本是苦寒地，况复严冬入虏乡。
一带土河犹未冻，数朝晴日但凝霜。
上心固已推恩信，天意从兹变燠旸。
最是使人知幸处，轻裘不觉在殊方。

虏中纪事

苏颂

夷俗华风事事违，矫情随物动非宜。
腥膻肴膳尝皆遍，繁促声音听自悲。
沙昧目看朱似碧，火熏衣染素成缁。
退之南食犹成咏，若到穷荒更费辞。

观北人围猎

苏颂

莽莽寒郊昼起尘，翩翩戎骑小围分。
引弓上下人鸣镝，罗草纵横兽轶群。
画马今无胡待诏，射雕犹惧李将军。
山川自是从禽地，一眼平芜接暮云。

苏颂的几首诗都是出使辽，在彼处见闻的异域风俗的记录。《中京纪事》题注云："十一月十六日到中京，未经苦寒，天气温煦，几类河朔。行人皆知厚幸，纪事书呈同事阁使。"《虏中纪事》题注云："虏中饮食风物皆异中华，行人颇以为苦，纪事书呈同事阁使。"《观北人围猎》题注云："北人以百骑飞放谓之罗草，终日才获兔数枚，颇有愧色。"正是必要的辅助说明。韩琦《使回戏成》："专对惭非出使才，拭圭申好敛旌回。礼烦偏苦元正拜，户大犹轻永寿杯。"此诗是宋宝元二年所作。《辽史·兴宗纪》载："（重熙）八年春正月壬辰朔，宋遣韩琦、王从益来贺。"辽重熙八年正是宋宝元二年。"永寿"，作者自注："虏主元辰节名，其日以大白酌南使。"而"礼烦偏苦元正拜"句下自注"虏廷元日拜礼最烦"，写出了诗人对于胡人节日礼仪的感觉。

相似的内容在边塞诗词中也有出现，例如吴则礼的《红楼慢·赠太守杨太尉》，这首词的上阕深度描写了作者所见景色，画面惟妙惟肖，下阕回忆了战争的场景。

四、亲处边地与真切抒怀

一是写驻守边地的感受。不论因为政治任务被派到边塞的诗人，还是其他原因到边塞的诗人，由于边塞离内地非常远，所以时间久了都会产生一种孤独感和思乡的情怀。又或者是在某一天里，当他们听到号角的声音时涌起了一丝愁绪。如张咏《新秦遣怀》："貂褐久从戎，因令笔砚慵。梳中见白发，枕上忆孤峰。"这首诗先从边塞的自然风景出发，逐渐描绘出当前的所见事物，然后通过最后的感慨升华主题。从中我们可以看出作者的心态，带有一丝丝的孤独和寂寞以及独在边塞的凄凉感。又比如，诗人向敏中的《延安守岁》："律管风生消暮景，塞原烟静绝妖氛。坐移残烛光阴变，故旧年华一夜分。"诗的前两句描写边塞风光，后两句抒发情感，深刻地表达出了诗人在新年即将到来之时，驻守边疆而感觉时间流逝得格外漫长的心境。韩琦在他的作品《次韵答致政杜公小诗见戏》中同样表现了对于时间流逝的怅然若失。又如王嗣宗在真宗朝曾为枢密副使，以大同军节度知许州，其《题关右寺壁》写得颇具豪气，"却将旧斩楼兰剑，买得黄牛教子孙"，这大概也是很多空想的边塞诗词作者所缺乏的。韩琦 1045 年到 1047 年在扬州定居，写下了著名的《答孙植太博后园宴射》，由当时参加宴会时进行的射箭娱乐活动——"呼宾习射次序升……当筵主筹令难犯，大白时举出正罚。此礼自古尤所重，矍圃去留宜有别。五善大抵主和容，不止穿杨与穿札"，回想到了当年在边境战争时的场景："因忆当年黠羌叛，非才误授将军钺。帐下貔貅十万师，力过生犀心似铁。天（大）仁未许覆凶巢，饬谨封垂御侵越。悍夫猛士志待骋，贮填愤气何由泄。正值高秋天气寒，塞场霜重严风刮。约束偏裨整队兵，旌旗烁电戈矛雪。驱出长郊阅奇阵，离合应麾皆有节。次引精锐较绝技，控弦命中无虚发。气豪马健走危坡，直下千寻未尝蹶。收军校猎围平原，犬顺人呼鹰解绁。山麋冲铁犯劲矢，岗兔奔跳狡穴。大雕盘空不轻搏，老狐仰视肝胆裂。驻鞍赏获犒部曲，浪泻酒车论染血。将军未酣众心醉，耳后风生鼻头热。此日淮藩奉宽诏，朱轮慢辗行春辙。”韩琦一生的经历十分丰富，曾经亲自带领士兵们与夏对战，并非仅仅是一个文官。这首诗详细地描绘了当时的状况，如果不是亲自经历了战争，并且印象深刻，很难写出如此打动人心的作品。

二是写行途见闻感受。欧阳修在《过塞二首》之一中写道：“身驱汉马踏胡霜，每叹劳生祇自伤。气候愈寒人愈北，不如征雁解随阳。”在诗中，大雁南飞和诗人向北形成对比，诗词创作的点睛之笔就在于此，诗人的孤独之旅立马就表现了出来。

三是抒写离别情谊。在边塞诗词中，我们能够深刻地感受到边塞地区的地理位置复杂、偏远，边塞将士们为常年战争所做出的无私贡献，在这个容易发生战争的年代，不难想象边塞地区一定有危险的存在，边塞诗人为让更多的人知道边塞地区的危险，戍守边塞将士面临的困难、以身冒险，挥洒笔墨，写下了将士们和诗人自己生动而真切的离别之情。如寇凖《阳关引》云：

塞草烟光阔，渭水波声咽。春朝雨霁轻尘歇。征鞍发。指青青杨柳，又是轻攀折。动黯然，知有后会甚时节。

更尽一杯酒，歌一阕。叹人生，最难欢聚易离别。且莫辞沉醉，听取阳关彻。念故人，千里自此共明月。

本词融入送别名作《阳关曲》，写出了具有普遍意义的别离情感。词中“共明月”的写法更是颇具启发意义，甚至演绎到后来出现了表达亲友珍重的名句“但愿人长久，千里共婵娟”。又如沈遘的《城北别亲友》写道：“朝出北门道，后车何轰轰。顾皆我亲友，送我胡中行。置酒古寺堂，劝酌纷纵横。饮阑视四坐，悄若意弗平。试问坐上客，客言安敢承。谓我自慷慨，固无儿女情。幸当无事时，奚忽为北征。怜我不受辱，往拜单于营。忧我衰病余，跋涉万里程。二者所不堪，奈何谁使令。我笑谓坐客，我岂徇利名。仕既不得已，王命方丁宁。上羞傅介子，下愧苏子卿。第结匈奴心，以保先帝盟。惓惓谢亲友，敢辞釂余觥。”该诗细致地描写了作者在城北向亲友辞别的情形。“我”将远行，且是去往胡地，“往拜单于营”，目的是出使番邦维持和平，“第结匈奴心，以保先帝盟”。亲友来送行，置酒劝酌，借此话别。诗中还写出了作者身负使命，非是“徇利名”，因而“仕既不得已，王命方丁宁”，并以汉代傅介子和苏武自勉，希望不辱使命，圆满完成任务。李觏《送路拯北游》所抒与本诗颇有相似之处。

五、边塞诗是诗人内心想法的表达

（一）作者普遍的“书生”身份

宋代奉行“以文奉武”的制度，因此多是文臣带兵，无论是中央军事部门，还是边疆，首脑多是文臣。如苏颂的边塞之作《和吴仲庶待制见寄》中所云，“元帅本由诗礼选，行人愧匪语言才”。张方平《读孙子二首》诗其二中“勿使有功臣，功大将骑虎”之言，正是以臣子的自觉心态展现出宋朝由上到下对于武将的防范意识。

从创作主体角度看，边塞诗词的作者普遍具备文臣、儒士的身份。边塞诗词的作者、作品中涉及的人物身份为儒士，熟悉文事，在作品中屡屡被提及。如欧阳修的《寄秦州田元均》云“由来边将用儒臣，坐以威名抚汉军”“梦回夜帐闻羌笛，诗就高楼对陇云”，正是点明了边塞多以儒臣把持军权。这种书生身份也使得边塞诗的创作具备了一定程度的“便利”。张方平在《送冀州李太傅》中说：“多君贵主子，材识乃名儒。青海渥洼种，丹山鸾凤雏。兵家左车后，书法右军无。拥幄羞纨裤，怀章就隼旟。亭台烟水阔，楼堞暮云扶。析木元分冀，滹沱渐近胡。双觥虽蕴藉，重闭勿须臾。谁道长城远，今观出上都。”此诗写出了边地守臣身为名儒、文武兼备的优秀素质，可见“儒生自古贵，忠信行蛮貊。虽令博望侯，何敢轻逢掖”（刘攽《次韵穆父送仲至使北》）的观念颇为郑重。

诗歌唱和自古以来是中国古代一种普遍的文学现象。宋代以来诗歌唱和一直被文人所珍视，唱和应答活动本身对文人雅士而言举足轻重。文人雅集唱和主要以宴游为主，随着北宋文臣戍边的兴盛，文人在唱和诗歌中所寄寓的人生理想抱负抒发延伸到边塞领域。驻守边塞的文臣帅守、出访使臣留下了许多知名的唱和之作。北宋康定元年（1040）四月，夏竦为宣徽南院使兼陕西四路经略安抚招讨使，知永兴军，主持对西夏战事，韩琦、范仲淹为副使。梅尧臣作的《寄永兴招讨夏太尉》[①] 中有：

宝元元年西夏叛，天子命将临戎行。
二年孟春果来寇，高奴城下皆氐羌。
五原偏师急赴敌，昼夜不息趋战场。
马烦人怠当劲虏，虽持利器安得强。
二师覆败乃自取，岂是廊庙谋不臧。
朝廷又选益经略，三幕贤俊务所长。
或取李悝备边策，或欲五道出朔方。
仲夏科民挟弓矢，季冬括驴赍道粮。
官军未进复犯塞，搴旗杀将何倡狂。
遂令士卒愈沮气，欲使乘障胆不张。
我愿助画迹且远，侧身西望空凄凉。
庶几一言可裨益，临风欲寄鸟翼翔。
所宜畜锐保城壁，转馈先在通行商。
守而勿追彼自困，境上未免小夺攘。
譬如蚊虻嚼肤体，实于肌血无大伤。
此言虽小可喻远，幸公采用不我忘。
诚知公虑若裴度，圣上听用同宪皇。
当时岂不历岁月，犹且众镇未陆梁。
况今鹰犬乏雄勇，便拟驰骋徒苍惶。
且缓须时励犀卒，终期拉朽功莫当。

① 榆林市诗词学会编纂：《榆林历代诗词全集·二》，陕西人民出版社 2018 年版，第 30—31 页。

到康定元年（1040）八月，范仲淹兼知延州，刘敞作《贺范龙图兼知延州》[①] 以贺。

大兵昔摧伤，两将折旗鼓。哀哉中国士，化作城下土。
冤魂不得返，杀气凌彼苍。天亦为之悲，白昼日无光。
人言此城下，往往鬼神哭。此事天子忧，此心大夫辱。
昔公守东越，人怨公不用。今日公在西，知公德持重。
筑城不必坚，解甲不可攻。何况保金城，弛张皆系公。
汲黯辅炎汉，淮南内竦惧。郅都守穷边，匈奴为之去。
此事昔所闻，今日见所亲。折冲樽俎间，震动旃裘民。
国耻行且刷，寇仇不可保。斯人叹微管，愿及太平老。

同样赵抃作《送韩丞相琦出镇陕右》[②] 唱和韩琦。

羌狄方怀德，朝家正右文。边城轻举动，天子为忧勤。
公位三朝重，威名万里闻。聊烦镇西夏，尽得护诸军。
赐第仍开燕，传觞命极醺。陕民如望旱，一雨压尘氛。

至和二年（1055），吴育为宣徽南院使、鄜延路经略安抚使，知延州，韩琦作《贺春卿宣徽出帅延州》[③] 以贺。

延塞何须辍钜公，西师今复久櫜弓。

---

① 榆林市诗词学会编纂：《榆林历代诗词全集·二》，陕西人民出版社 2018 年版，第 52—53 页。

② 榆林市诗词学会编纂：《榆林历代诗词全集·二》，陕西人民出版社 2018 年版，第 47 页。

③ 榆林市诗词学会编纂：《榆林历代诗词全集·二》，陕西人民出版社 2018 年版，第 45—46 页。

三台班秩名虽重，四海生灵泽未丰。
莫泥兵韬求策胜，更充贤业俟时通。
归来谈笑岩廊上，致主唐虞始是功。

另外，韩琦皇祐三年（1051）知定州时所作的边塞诗《览渭帅王龙图西行诗集》，从题名上可看出是其读王龙图所撰的诗集有感而发的作品。其诗云："久陟风骚上将坛，更持旄钺抚边关。山川满目吟虽苦，戈甲藏胸意自闲。威望昔尝流塞外，雅歌今复奏兵间。禁中日夜思颇牧，四牡看随杕杜还。"诗中赞扬王素本熟谙风骚，是有成就的文学之士，今持旄钺戍守边关，军务并未阻挠其文学创作，他犹然将满目的山河壮景和军旅之行诉诸笔端，以使雅歌奏于兵间，进而汇成诗集，是非常值得肯定之举。

再看欧阳修出使辽国之作：

奉使契丹道中答刘原父桑乾河见寄之作

忆昨初受命，同下紫宸朝。问君当何之，笑指北斗杓。
共念到几时，春风约回镳。所持既异事，前后忽相辽。
岁月坐易失，山川行知遥。回头三千里，双阙在紫霄。
我老倦鞍马，安能事吟嘲。君才绰有余，新句益飘飘。
前日逢吕郭，解鞍憩山腰。僮仆相问喜，马鸣亦萧萧。
出君桑乾诗，寄我慰寄寂。又喜前见君，相期驻征轺。
虽知不久留，一笑乐亦聊。归路践冰雪，还家脱狐貂。
君行我即至，春酒待相邀。

欧阳修诗是其出使辽国的行路上所作。尽管出使活动紧凑繁忙，路途行之不易，但他犹记得以诗文来与友朋进行交流，“君才绰有余，新句益飘飘”“出君桑乾诗，寄我慰寄寂”。而其诗所寄之人是刘敞，也是著名的使臣，由诗意知先前他曾有在桑干河的诗作寄给欧阳修。这足见这些使臣在边塞诗中写文学创作之事已司空见惯，恰如韩琦所云“多谢高篇远相劳”“时将佳句恼粗人”。

（二）经略之志

边塞诗词中，报国的经略之志是常见的内容之一。而这在那些曾亲至边地的作者笔下，写得更加真切，也更能落到实处，如韩琦《答孙植太博后园宴射》所言“欲得心如外貌欢，报国之诚尽摅豁”。

看韩琦的几首作品：

一志

一志事边徼，难甘景物催。
流年花易落，久戍雁频回。
细叶未成幄，飞蚊还聚雷。
颠毛从自变，肯使壮心摧。

次韵答渭帅王龙图

十年西北保疆垂，只恐非才误委毗。
报国心诚虽慷慨，背时踪迹极孤危。

移帅真定次韵答致政杜公

常山画野直天街，寄重如何付不才。

跃马敢辞奔命去，捍羌曾是奋身来。
军中纪律劳人葺，林下樽罍得意开。
引领恩轩无路到，几临风月独徘徊。

次韵答致政杜公以加节见寄

西北连忧寄责深，十年回首失光阴。
丹心报国期输尽，白日当天荷照临。
赐钱何劳诚腼面，捍边虽久即甘心。
孤根只有衰危甚，不得终身被傅霖。

几首诗把从军报国的热情抒发得淋漓尽致。《一志》点明“事边徼”的志向，表达时不我待之感，“颠毛从自变，肯使壮心摧”颇有后来岳飞《满江红》中“莫等闲，白了少年头，空悲切”的意思。《次韵答渭帅王龙图》寄友人并自勉，与《移帅真定次韵答致政杜公》相似，“跃马敢辞奔命去，捍羌曾是奋身来”，恐怕并非单单称赏对方，也有夫子自道之可能。末一首中的“丹心报国期输尽，白日当天荷照临”亦是直抒胸臆，与第一首有相似之处。

又如刘敞的《送张四隐直游边》：“吾昔读汉书，远嘉马文渊。慷慨有大志，不辞走穷边。尝言功名期，当及少壮年。生图万里勋，死裹马革还。此语颇豪荡，书之在青编。其人虽已亡，其意犹凛焉。羌戎未伏诛，王旅多丧偏。安得如此人，西行陇与汧。借筹资方略，还为天子言。海上惟叹息，今时岂无贤。忽闻张公子，奋起殊欣然。历览泾渭旁，究观敌根源。宁复谢古人，正堪豁忧煎。卫青出行伍，去病幸有天。相继取封侯，有若翻手间。男儿谁不如，可得甘弃捐。读书反三黜，何用师孔宣。我岂少游徒，规规守乡田。力弱非志弱，送君心长悬。”诗作虽是从写别人的角度来说明，但与上文中韩诗寄友的情况有相近之处，“男儿谁不如”一言即流露出作者的深切认同，亦即有其所志之感。由此不难理解宋代士人的一份拳拳报国心，如范仲淹《过长安醉别资政郑侍郎》中所云“有为须报国，无事即颐神”，又如祖无择《袁州庆丰堂十闲咏之九》所云：“渐老无功业，闲思惜壮年。桑榆如有得，犹可勒燕然。”

报国之情在词中也时有流露，如晁端礼《望海潮》的下片：“安边暂倚元戎。看纶巾对酒，羽扇摇风。金勒少年，吴钩壮士，宁论卫霍前功。乃眷在清衷。恐凤池虚久，归去匆匆。幸有佳人锦瑟，玉笋且轻拢。”词中的金勒少年、吴钩壮士也寄托了词人自己的情感和志向。再如王安中《菩萨蛮·六军阅罢，犒饮兵将官》：“中军玉帐旌旗绕。吴钩锦带明霜晓。铁马去追风。弓声惊塞鸿。分兵闲细柳。金字回飞奏。犒饮上恩浓。燕然思勒功。”上片以写景为下文张本，下片写阅兵，“燕然思勒功”的表达已成为抒写志向的习用表达方式了。

（三）评议战和

边塞诗词中对战争与和平看法的议论是很多的。如欧阳修《送任处士归太原》：“自古王者师，有征而不战。胜败系人谋，得失由庙算。”指出本来仁义之师是不尚武力的。

入山

刘敞

连山何丛丛，相背复相向。盘溪殆千曲，险石弥万状。
或疑天地翻，斗起渤碣浪。夔沓更腾凌，变化倏奇壮。
舟车未为用，夷夏永觖望。凿空伊谁氏，重译肇霸王。
茫茫千万岁，冉冉道交丧。薄伐策已卑，割据事逾妄。
衣冠惨分裂，玉帛敝辞让。至仁有柔服，远驭耻惩创。
非无一丸泥，不乏万人将。齐仇纾九世，鲁锦轻百两。
羊肠劳跻攀，鱼齿困沿并。彼岐亦云岨，易简德固旷。
大哉天作诗，因见圣者量。

该诗中有大段的关于经邦济世的主张，“薄伐策已卑，割据事逾妄”表达传统的统一观念，“玉帛敝辞让”“至仁有柔服”又表达出有宋一代贯彻的怀柔远人、以和为贵的理念。

有的作品写对和平的追求，如欧阳修的《边户》：“家世为边户，年年常备胡。儿僮习鞍马，妇女能弯弧。胡尘朝夕起，虏骑蔑如无。邂逅辄相射，杀伤两常俱。自从澶州盟，南北结欢娱。虽云免战斗，两地供赋租。将吏戒生事，庙堂为远图。身居界河上，不敢界河渔。”写边界人民的生活状况，关怀民瘼，针砭时弊，对于“兵闲四十年，士不识金革”的现实有深刻的认识。

又如蔡挺（1014—1079），字子政，宋城（今河南商丘）人，景祐元年（1034）进士，官至直龙图阁，知庆州，屡拒西夏犯边，神宗时拜枢密副使。他的《喜迁莺》（霜天清晓）词是边塞词中的佳作。

霜天清晓。望紫塞古垒，寒云衰草。汗马嘶风，边鸿翻月，垄上铁衣寒早。剑歌骑曲悲壮，尽道君恩难报。塞垣乐，尽双鞬锦带，山西年少。

谈笑。刁斗静。烽火一把，常送平安耗。圣主忧边，威灵遐布，骄虏且宽天讨。岁华向晚愁思，谁念玉关人老。太平也，且欢娱，不惜金尊频倒。

蔡词写出了“圣主忧边，威灵遐布，骄虏且宽天讨”和欢娱于太平的观点。相似的，如刘潜在《水调歌头》中所云“堂有经纶贤相，边有纵横谋将，不作翠蛾羞。戎虏和乐也，圣主永无忧”，亦是对于圣主明政下胡汉和平的论说。

边塞诗词写出了国需良将的情况。邵雍的《和人闻韩魏公出镇永兴过洛》：“佐命三朝为太宰，名垂千古号元功。栽培桃李满天下，出入风涛半海中。虎帐夜寒心益壮，凤池波暖位犹空。君王鼎盛子仪在，万里河湟不足攻。”该诗赠寄韩琦，诗人在诗中不仅使用了大量赞美的文辞，还表达了其对于韩魏公作为国之良将的高度肯定。而如欧阳修的《送李太傅知冀州》也有相似之处，只是具体表达有所不同，其诗云：“吾慕李汉超，为将勇无俦。养士三千人，人人百貔貅。关南三十年，天子不北忧。吾爱李允则，善觇多计筹。虏动静寝食，皎如在双眸。出入若变化，谈笑摧敌谋。恩信浃南北，声名落燕幽。二公材各异，战守两堪尤。天下不用兵，尔来三十秋。今其继者谁，守冀得李侯。李侯年尚少，文武学彬彪。河朔一尺雪，北风暖貂裘。上马擘长弓，白羽飞金镞。临行问我言，我惭本儒鲰。汉超虽已久，故老尚歌讴。允则事最近，犹能想风流。将此聊为赠，勉哉行无留。”

（四）批判时务

宋代文人颇有士大夫的担当，表现出来的常常是对于当前重大事情或客观形势的评说批判。宋王朝对于文士的宽厚政策也“纵容”了其言之凿凿。边塞诗词多关系军政大事，其中自然也不乏对时务的批判之词，常有就特定局势提出看法的作品。

如宋祁在《送平陆知县尹象先》中指出，“羌膻污右鄙，秦陇含创痍。健将贪屯聚，砦栅犹鳞差。四年结不解，粮饷先自疲。兵分势已弱，贼入纵横驰。营阵讫不立，安得张吾师。比来守御计，尚复纷相訾”，对分兵造成势力弱化的部署表示反对。文同的《五原行》：“云萧萧，草摇摇，风吹黄沙昏泬寥。胡儿满窟卧寒日，卓旗系马人一疋。夜来烽火连篝起，银鹘呼兵捷如鬼。齐集弓刀上陇行，犬嗥狐嗥绕空垒。羌人钞暴为常事，见敌不争收若雨。自高声势叙边功，岁岁年年皆一同。将军玩寇五原上，朝廷不知但推赏。”讽刺批评边将玩忽职守，却欺罔朝廷以赚得封赏的恶行。作为边帅，范仲淹强调“岂信忧边处，胡兵隔一川”，提醒广大边将应提高警惕，常有危机意识。又如彭汝砺的《过右北平》云“太平天子不言兵，拥节来经右北平。论将无人思李广，笑谈樽俎倚儒生”，“寓贬于褒，微言讽刺”①，对厌言兵但实无益于边防的情况进行了批判。

边塞诗词对于一些儒臣思取报国的处境也有论说。如刘敞

① 张高评：《自成一家与宋诗宗风》，（台北）万卷楼图书公司2002年版。

在《豫章儒者》中用了很多篇幅写一位有志报国的儒者虽有志有才，却不得重用，如："豫章有儒者，读书三十年。但识上古风，不知时俗迁。一闻西戎叛，有意摧群顽。诣阙上封章，臣知用兵权。不在劳士卒，不须役戈铤。要先正其本，本正末自安。臣观朝廷中，或有可废员。臣观草泽中，或有可用贤。国家既失此，吏奸随矫虔。吏奸万事隳，外患随因缘。所以子玉存，文公积愁颜。所以汲黯亡，淮南为无难。天子览表叹，当朝常拳拳。回头谓群公，可付史馆编。可使靡好爵，以补风化源。岂知贵臣忌，投尔南海壖。不得面指陈，胸襟曷由宣。卒走驱使行，行行酌贪泉。名与囚隶俱，位乃胥校联。九重竟不知，犹谓列王官。奈何乐尧舜，乃是取危颠。谁云遇明主，未免遭弃捐。遂令天下士，齰舌戒勿言。宁有死壑中，安有议君前。浮云蔽白日，自古同所叹。岂为此生悲，我歌愿胪传。"诗中作者明确肯定了豫章儒者的能力——"读书三十年"，赞扬了其积极报国之心——"一闻西戎叛，有意摧群顽"，并对其"谁云遇明主，未免遭弃捐"的境遇深表同情。此诗本以是议论为主，诗中更有豫章儒者的大段论说之词，如"臣知用兵权""臣观朝廷中""臣观草泽中"，将"书生论剑"论说的功能发挥到了淋漓尽致，值得关注。

第二节　塞下秋来风景异：范仲淹的边塞诗词

范仲淹在统兵治边和诗词文赋方面都有着绝人的才能，他是北宋帅守边塞的代表，他的边塞经历给他的人生画上了浓墨重彩的一笔。范仲淹领略了各个不同于内地的人文景观，亲自感受了驻守边塞的孤独和艰辛，他将一切所见所闻都附属于诗词。如果将范仲淹的诗词拿来深刻剖析和深刻解读，就会在诗词中发现他纠结的心理路程和心怀天下的情怀。

一、儒臣帅才的纠结抉择

范仲淹一生于文教武功都有建树，他有儒士的修养学问与文臣的政治能力，又具备将帅的军事才能。而从主观意愿上看，范仲淹有以儒臣为本位的倾向。

一方面，范仲淹经历了特定历史条件下由文臣到帅守的“错位”。范仲淹早年苦读，深受儒家经典影响。他通过典型的文士晋升途径——科举考试步入仕途，政治理想是“尧舜累代仁，弦歌始能治”（《上汉谣》），其实现途径是“以理定区中，文经天下”（《铸剑戟为农器赋》），并非诉诸武力。入仕后他更孜孜以求，通过积极参政、直言进谏等方式，努力践行自己的主张。

然而时势不由人，作为文臣的范仲淹一再遭到贬黜，“三出专城鬓似丝”（《郡斋即事》）。文治的功业未能建立，立功疆场的机遇却不期而来。宋仁宗宝元二年（1039），党项族元昊兴兵犯境，来势汹汹，赵宋朝野震惊。在这样特殊的情势下，“天子以仲淹士望所属，拔用之”[1]。康定元年（1040）三月，范仲淹以天章阁待制出知永兴军；七月，擢龙图阁直学

---

① 〔元〕脱脱等撰：《宋史》卷三百一十四“列传”第七十三，中华书局1985年版。

士，为陕西经略安抚副使；八月，请知延州。由此，他作为掌管边疆军政要务的重臣，坐镇西北，抵御西夏，后又为枢密直学士、右谏议大夫，任鄜延路都部署、经略安抚招讨使等。范仲淹“以儒者奉武事”①，由任职地方的文臣转而成为经略边关的帅臣。

宝元年间战事起时，范仲淹已被贬出朝后任职地方三年，政治上郁郁不得志。但国家危难之际，他立志报国，不以个人得失为意。在范仲淹看来，“今之刺史古诸侯，孰敢不分天子忧”（《依韵答贾黯监丞贺雪》），而“用兵之际，事系安危”“国家急难之际，边鄙乏人”（《让观察使第一表》），因此义不容辞、当仁不让。当时朝臣“命者必辞”，他却毅然“独请之”，且“马星驰”②，奔赴边疆。此举是范仲淹顾全大局的反映，体现了他的士大夫担当。

另一方面，范仲淹坚持对自身的儒臣定位，不愿以文易武。尽管一朝而为率兵御敌的经略安抚使和边邑知州，事实也证明他确有军事才能，但范仲淹骨子里仍是文人品质。他掌管军队，思想、行事与很多力持主动出击的武将不同，而主张采取积极防御战术；他治军注重“修文德”，宽以待人，因而“诸蕃质子，纵其出入，无一人逃者”③；他“据要害，屯兵营田，为持久计”，以期达到“茶山、横山之民，必挈族来归

① 〔宋〕富弼：《范文正公仲淹墓志铭》，曾枣庄等主编《全宋文》卷六百一十，巴蜀书社 1991 年版。

② 〔宋〕富弼：《范文正公仲淹墓铭》，曾枣庄等主编《全宋文》卷六百一十，巴蜀书社 1991 年版。

③ 〔宋〕欧阳修：《资政殿学士户部侍郎文正范公神道碑铭》，李逸安点校《欧阳修全集》卷二十一，中华书局 2001 年版，第 334 页。

矣……羌汉之民，相踵归业”① 的目标。范仲淹认为干戈“不得已而用”，在《铸剑戟为农器赋》中开篇即明了地重申“兵者凶器”，主张“任甲胄于忠信，施干橹于礼义”。这种“圣政惟新，文德来远”（《铸剑戟为农器赋》）的思想近乎孔子“远人不服，则修文德以来之”（《论语·季氏》）的观念，正是儒家仁政思想的体现。

范仲淹主张“儒者自有名教，何事于兵”② 的观念，也认为“儒者报国，以言为先”（《让观察使第一表》）。富弼说他是韩愈所谓“信道笃而自知明者”，即坚守儒家思想者。范仲淹在后来的上表中强调自己接受掌管军政的职务是“非常之命，既出于丝纶”，是“以事君之心”而受命（《让观察使第一表》）。这便隐含了一定程度上自身不情愿的因素。他非常看重自己“龙图老子”的身份。若说任职边疆是特殊情况下的一时权宜，那么不愿以文资换武阶则是他真正的人生选择。因此，庆历二年（1042）四月，朝廷诏命除范仲淹等四路帅为观察使时，他连上三表坚辞，又致信宰相吕夷简表明坚决的态度。

范仲淹的选择是宋代独有的文官政治与重文抑武政策造成的。宋代文人士大夫待遇优厚，受到重用，而武官则一直备受猜忌防范。北宋时狄青、南渡后的宗泽及岳飞等人，虽战功赫赫，却均以悲剧收场。范仲淹所言“儒生后进，换入武帅，

---

① 〔元〕脱脱等撰：《宋史》卷三百一十四“列传”第七十三，中华书局1985年版。

② 楼钥：《范文正公年谱》，李勇先等校《范仲淹全集》，四川大学出版社2007年版，第890页。

或居于上，则多憎愤”（《让观察使第二表》），可谓诛心之论。他深谙个中利害，因此谨守“得带内朝职名节制边事”（《让观察使第二表》）的方式来使用兵权，始终坚持自己文臣的身份。

二、边塞人生的诗词书写

边塞的生活经历极大地影响了范仲淹诗词的创作风格，使其作品具有独一无二的品质。

其一，范仲淹在作品中描绘出了只有边塞才有的自然景色与人文气息。

范仲淹籍贯苏州，生于成德军（今河北正定），少年时代在淄川长山（今山东邹平）读书，后游学南都，入仕后，或在京为官，或任职地方，一直都生活在内地。边疆地区的自然风光与他先前生活过的“姑苏台下水如蓝”（《送常熟钱尉》）、“春波千顷绿如铺”（《忆杭州西湖》）显然是迥异的。塞下州郡“风沙至恶，触目愁人”①，这般新奇的环境对于他的认识起到了刺激作用，使他获得了前所未有的感受。

范仲淹领略到了西北边塞自然风貌的粗犷峥嵘，一些地域性特征鲜明的意象出现在他的笔下。“长河出紫塞，太行入青云。天然作雄屏，览者怀忠动”（《送河东提刑张太博》），横流的大河、纵耸的高山，都张扬着姿态，成为塞上最有代表性的自然风貌。其雄浑壮丽，甚至于“长河匹练小，太华一拳低”（《雕鹗在秋天》）。因为深处内陆，温暖的季风难及，这

① 〔宋〕李焘撰：《续资治通鉴长编》卷一百四十六，中华书局1985年版。

里的节令与内地也有较大不同，春迟秋早。“三月二十七，羌山始见花”（《城大顺回道中作》），是“春老”即晚春的景象。而他著名的《渔家傲・秋思》则是写边塞之秋。该词上片云：“塞下秋来风景异，衡阳雁去无留意。四面边声连角起。千嶂里，长烟落日孤城闭。”起笔直写边塞风土景致的奇特，一个“异”字总起式地概括出边疆较内地的不同。特别的主观感受因之而产生，“衡阳雁”与“长烟落日”调动视觉，“边声连角”与“羌管悠悠”鼓舞听觉，“浊酒”引起味觉，“霜满地”则直接激发读者的寒冷感觉。各种感觉配合在一起，就熔铸成了这首词的宏大气势和豪迈风格。这首词是词中名篇，也是宋代边塞词的代表作之一。词作所具有的强烈震动人心的效果，很容易引起后人共鸣，明初瞿佑即评之云：“予久羁关外，每诵此词，风景宛然在目，未尝不为之慨叹也。”[①] 这首词甚至成为用词来传递自然风景、主观情怀等边塞地区各种主客观信息之范作。

关于《渔家傲・秋思》创作地一般认为是范仲淹驻军西北之地，从地域看主要为延安、陕北榆林及陇东地区。之前也无过大争议，但随着近年来文旅融合发展，出现了各地抢占文化旅游资源，争抢范仲淹《渔家傲・秋思》创作地的现象。道光年间《神木县志》记载有《渔家傲・麟州秋词》，这为陕北神木市是该词的创作地提供了有利的证据。

康定元年（1040）三月，因边事吃紧，宋仁宗以范仲淹众望所归，将其召回京师，担任天章阁待制，出知永兴军。七

① 〔明〕瞿佑：《归田诗话》卷下，中华书局1985年版，丛书集成初编本。

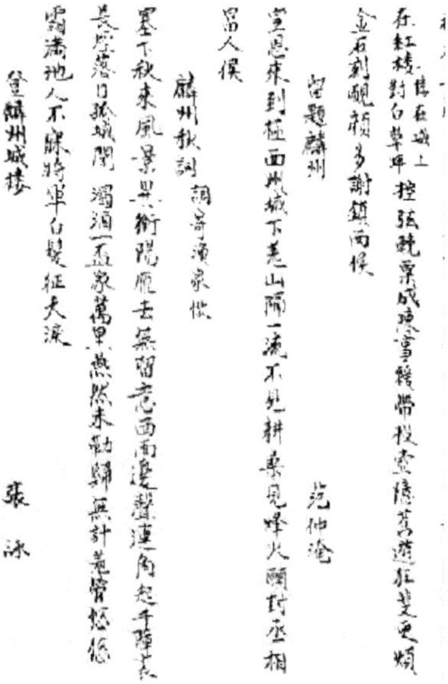
在紅樓舊在城上對白草坪 控弦甦粟成塵雪馥帶投壺隱篙遊狂斐更頫
金石刻硯頳多謝鎮西侯
留題麟州 范仲淹
宣恩來到極西州城下羌山隔一流不見耕桑見烽火願封丞相
富人侯
麟州秋詞 調寄漁家傲
塞下秋來風景異衡陽雁去無留意四面邊聲連角起千嶂裏
長煙落日孤城閉濁酒一盃家萬里燕然未勒歸無計羌管悠悠
霜滿地人不寐將軍白髮征夫淚
登麟州城樓 張詠

图 3－1 （道光）《神木县志》

月，其升为龙图阁直学士，与韩琦并为陕西经略安抚副使，担任安抚使夏竦的副手。八月，范仲淹兼知延州，即今陕西延安，开始了他三年多的戍边生涯。神木那时称“麟州”。有“杨家城”立于此地群山一高岗，可谓“西屏榆阳，东拒河朔，南卫关中，北控河套”，其地理位置十分险要，是抵御外敌入侵中原的一条重要屏障。道光年间《神木县志》第六册“艺文志”中有《渔家傲 · 麟州秋词》。同时范仲淹还专门为神木写了《留题麟州》一诗，志记了该地。全诗为：“宣恩来到极西洲，城下羌山隔一流。不见桑耕见烽火，愿封丞相富人侯。”这里的极西州即为西北边陲的麟州一带。

康定二年（1041）四月，仁宗降夏竦为豪州通判，范仲淹为户部员外郎，知耀州，职责不变。五月，范仲淹改知庆州，兼环庆路都部署司事。庆历三年（1043），李元昊请求议和，西方边事稍宁，仁宗召范仲淹回京，授枢密副使。北宋刻本《范文正公文集》二十卷，此本现藏于国家图书馆，是范仲淹集子中唯一存世的北宋刻本，自然也是现存最早的刻本。有东坡序文，称范公殁后“吾得其为人盖十有五年而不一见其面”，而他自己先后见知于欧阳修、韩琦、富弼，三公皆以国士相待，曰“恨子不识范文正公”，引以为憾；并言是集“二十卷，为诗赋二百六十八，为文一百六十五”，落款为“元祐四年四月十一日龙图阁学士朝奉郎知杭州军州事苏轼撰”。《西夏简史》称韩琦、范仲淹因好水川之战败被贬官。这场大败也极大地挫伤了宋军的士气，所以悲天悯人的范文正公才会写出那篇最具凄美伤感情怀的边塞词《渔家傲·秋思》。《范文正集补编》卷一“诗余”有《渔家傲·秋思》，未见《留题麟州》。

1044年六月，宋仁宗任命范仲淹为陕西、河西宣抚使（民事、军事）。

其二，范仲淹的边塞诗词抒写了镇守边关的报国热情与人生感怀。

边地自然环境基本格调崇高壮美，军中的事物也显得气势赫赫，范仲淹曾在诗中写道：“烽烟边信息，金鼓武精神。”可以看出，边塞的自然环境可谓壮美，而军队又气势磅礴。除此之外，他的很多诗都描述了边塞的不同景观，比如在《野色》这首诗中就又将边塞地区优美的自然风光和人文气息描绘得淋漓尽致。由于定位模糊，诗人一般会找一个参照物，比如楼台。夕阳西下时，点点寒光映射在楼台上，显得十分静谧，然而白鸟忽然飞起，打破了原有的静意，动静结合，仿佛这自然风光也有生命一般。诗人通过高超的技法，将一幅边塞独有的景象活灵活现地展现在世人眼前。例如“此梅圣俞所谓‘状难写之景如在目前’也”①，“野色”原本指的是野外的风光，唐朝诗人杜甫和李白等都描写过野外之景，而范仲淹诗词中的“野色”却有所不同，范仲淹诗词中的“野色”指的却是边塞的风景，相较于李白和杜甫所描述的野外，更具有景外之情、景外之意，更别具一番风味。这首作品创作于范仲淹刚到陕西任职时，作品中所描写的朦胧野色事实上是战争的表现，因此诗人觉得旷野越显朦胧，在作品里也就有了朦胧的野色，诗人对客观事物侵入了自己的主观感受，借此用景色来抒发自己内心的情感。诗人借助特殊环境制造的特殊氛围来表达内心的独白，这也是范仲淹作诗的特点之一。在范仲淹的许多作品中，可以看到身处边境的诗人因节日愈感悲伤，心头万千思绪，使得眼前的战争环境都更加沉重，即使这样，也只能借助边境的景色来抒发内心的无限愁苦。诗人往往通过独特的人造物来写景，例如，《依韵答梁坚运判见寄》就是用以物造景的写法，写的虽然是旌旗和笳，但是一读便知道在写边塞，通过描写边塞地区具有代表性的人造物旌旗和笳，不仅展现出了边塞壮阔的景象，还流露出了战争的气息。

---

① 〔宋〕吴子良：《荆溪林下偶谈》卷二《行色野色诗》，见王水照编《历代文话》第1册，复旦大学出版社2007年版，第554页。

虽然范仲淹是迫不得已才戍守边疆，但是他一心都想着为祖国付出，从诗中的“耻佞人之名，慕忠臣之节，感激而发，万死无恨”可以看出范仲淹心系国家，有一心为祖国做贡献的愿望。因此，他义无反顾地奔赴战场，从“某早以孤贱，荷国家不次之遇，夙夜不遑，思所以报，故竭其诚心”（《与谢安定屯田》）中可以看出，他将戍守边塞当作了报效朝廷的机会。万里赴戎机，自然需要奋不顾身的精神，“远护玉关犹竭力，入陪金铉敢周身”（《酬李光化见寄二首》之一）；爱国爱民，赤心拳拳，对于兵卒因而也如子弟生徒一般爱护，“二十四万兵，抚之若青衿”（《阅古堂诗》）；为国鞠躬尽瘁，繁重的事务又令其殚精竭虑，“岂敢懈夙夜，未尝摅笑言”（《送河东提刑张太博》）。范仲淹不仅用他的实际行动证明了他的爱国之情，而且其爱国之情也在不经意间通过诗句表达了出来。他的很多边塞诗词都表达出赤诚的爱国情怀，毫无疑问，范仲淹的诗歌是这类题材中的优秀作品。

为了保家卫国，范仲淹担起重任，戍守边疆。作为军队首领，即使条件再艰难他也不能言苦，即使思乡之情再浓厚他也不能表现出丝毫的脆弱。但是人的情感终究是要宣泄的，因此就有了流传千古的名句：“晚色动边思，去年犹未归。戍楼人已冷，目断望征衣。”（《和李光化秋咏四首·晚》）《渔家傲·秋思》是一首很出名的诗词，被认为是我国著名的征夫之歌。“燕然未勒”，因外患未除，对于个人而言还没有建立功绩，难以实现抱负，因此也就有了“归无计”，自己在长夜中听着悠长羌管声，伴着满地的秋霜却难以入睡。在边塞诗中，白发和泪水都是表现战士们汹涌情感的艺术象征。建立起攻不可破的边防需要战士们长期坚守达成，因此即使是春节，将军和士兵们依旧不能归家，即使是悠闲轻松的生活也难以享受，心情大体都是沉重、沧桑的，悠然闲适成了愿望，建功立业也成了一种憧憬与寄托。边防的巩固非一朝一夕可成，因而“将军了边事，春老未还家”（《城大顺回道中作》）的状态也不得不长时间地保持着，甚至于轻松闲适的心情都成为奢望。“争教我辈无欢绪”（《定风波》），进而几乎上升为一种憧憬，如《依韵和延安庞龙图柳湖》末句所言“王公多雅故，思去共仙舟”，带上了理想化色彩。

三、写实悲壮的艺术风格

将范仲淹的诗词深刻解读会发现，他的边塞诗大都偏向于悲壮的艺术风格。

范仲淹的很多诗词生动地描述了当时边界地区的军民战士们戍守边疆的真实生活情况。如诗句“羌酋八九百，醉歌喜断断。传告以号令，再拜冈不驯”就生动地描述了战士们面对困难重重的战争，从不退缩的精神和现状。整首诗的表述是以与友人一起回忆曾经一起经历的往事为主要表现形式，如果只是浅尝辄止，只能感受诗人范仲淹对友人张太博的赞叹之情，但如果深刻解读诗中的战争往事，就会从回忆中发现其中无限的辛酸和战争给人们带来的悲凉气息。边塞常随时会有战争的爆发，但战争带来的苦并不会击垮勇敢的将士们，将士们日常中也有苦中作乐的闲暇时刻。范仲淹在《和延安庞龙图寄岳阳滕同年》中写道：“旋拨醅头酒，新炮缩顶鳊。宦情须淡薄，诗意定连绵。”该诗句描述了边塞将士在没有战争时段，吟诗、对酒来暂时忘却战争带来的痛苦和烦恼。因为，范仲淹亲身经历了许多战与和，所以，他能够真切地表达出边防将士生活的酸甜苦辣，诗句是边防将士生活的真实写照，具有一定的历史价值。

范仲淹的边塞诗词主格调是沉郁悲壮的。范仲淹胸怀大志而仕途不得志，因而长久以来心底积压了很深的压抑情绪。经略西北时他已年逾五十，体弱多病。宋朝军队“冗兵”“冗费”现象严重，战斗力低下，沉疴痼疾，非朝夕可治理，面对的敌手是强悍的北方游牧民族。这些因素，都是范仲淹内心悲苦愁闷乃至诗词悲壮的原因。“王师生太平，苦战诚未禁”（《阅古堂诗》），现实的各方面困难迫在眉睫。范仲淹《上枢密尚书书》中言当时“秋霖弗止，禾穗未收，斯民之心，在忧如割”，这其实正是其《渔家傲·秋思》词中“人不寐”的症结。悲苦愁闷的心绪诉诸笔端，诗词便基调低沉。《和延安庞龙图寄岳阳滕同年》写明了低落情绪的直接原因：“迥是偷安地，仍当饱事年。祇应天下乐，无出日高眠。岂信忧边处，胡兵隔一川。”亦即近在咫尺的胡兵是他无法“偷安”潇洒的症结。“屈指细寻思，争如共、刘伶一醉”（《剔银灯》）只是虚拟的逃避方式，“南豳日日接英标”（《依韵酬邠州通判王稷太博》）才是躲不过的现实。

北宋诗人范仲淹和唐代诗人高适在作诗风格上颇有相同之处，两位边塞诗人的诗词都有现实生活的悲壮情调。范仲淹和高适都曾有驻守边塞的亲身经历，因此，他们的诗词都能够深刻表述出边塞将士戍守边塞的艰辛和孤独。宋代其他诗人如欧阳修、梅尧臣等也曾到过边塞，但与范仲淹不同的是，他们只是途经，并没有留下来长时间戍守。所以，他们无法亲身感受到镇守边塞的孤独但坚决的心情，也无法感受到范仲淹“先天下之忧而忧，后天下之乐而乐”的崇高心境。欧阳修称范仲淹的《渔家傲·秋思》为“穷塞主”之词，正是这种差异造成的。

可以说范仲淹能够有如此成就得益于那一段边塞经历。虽然范仲淹为了保家卫国离开家乡，远赴边塞，度过了艰难的生活，见证了战争的残酷，但也正是如此，他才远离了朝廷的钩心斗角和明争暗斗，这使得他自始至终都将自己的命运和国家的命运联系在一起，保持了一颗保家卫国、效忠朝廷的心。除此之外，环境的特殊性会影响到诗人创作的风格。边塞的壮美和精忠报国的决心使得他的作品流露出豪情壮志，《雕鹗在秋天》中的“雄心肯木栖”“下盿群毛遁，横过百鸟睽”就将这一特点展现得淋漓尽致。

《河朔吟》抒发蕴含心中的文韬武略、仁人之心，表达愿为国家运筹帷幄、统率军队的雄心壮志：“太平燕赵许闲游，三十从知壮士羞。敢话诗书为上将，犹怜仁义对诸侯。”并以古代名臣良将自比：“子房帷幄方无事，李牧耕桑合有秋。民得夸襦兵得帅，御戎何必问严忧。”而“功名早晚就，裴度亦书生”（《依韵答梁坚运判见寄》）表现出了唐代边塞诗般的豪情。甚至于他后来创作《岳阳楼记》，归结出“先天下之忧而忧，后天下之乐而乐”这样为历代志士奉为箴言的千古名句，也与他的边塞经历分不开。

范仲淹为宋词引入一股豪放之风，对于矫正晚唐五代以来纤弱的词风起到了积极作用。其《剔银灯·与欧阳公席上分题》将这种豪气表现得淋漓尽致，如："昨夜因看蜀志。笑曹操、孙权、刘备。用尽机关，徒劳心力，只得三分天地。"这是何等豪放，比后来的苏、辛有过之无不及——纵使苏轼也"亲射虎，看孙郎"，辛弃疾也称"英雄无觅孙仲谋处""天下英雄谁敌手，曹刘"，而这三位枭雄在范大将军面前，却被讥笑机关算尽而"只得三分天地"。一个"笑"字将其狂放豪壮之气和盘托出。这大概是宋词的首次"跋扈"，可谓豪放词之先风。边塞词经过了唐五代的稚嫩阶段，到了范仲淹时落到实处。现实的土壤催生了开风气的作家，促进了边塞词的迅速成长。大约同时的蔡挺也写出了"霜天秋晓，正紫塞故垒，黄云衰草。汉马嘶风，边鸿叫月，陇上铁衣寒早"（《喜迁莺》）的词，或是受到范词影响。而这一干豪气延续下去，在宋代形成了豪放风格鲜明的"帅臣词人"类型[①]，诸如辛弃疾、叶梦得、张孝祥、李曾伯等都可归入其中。另外，边塞诗的雄风冲击了五代以来的纤弱风气，为在"三体"中苦觅出路的宋初诗歌乃至整个文坛都带来一股清新刚健之风，对宋代文学朝着具有自身特色的方向发展起到了积极作用。

范仲淹的这种"先天下之忧而忧，后天下之乐而乐"的豪情引得无数后人膜拜、赞扬，成为后人的精神楷模。虽是文臣，但是当国家面临危难之际，他不畏艰难和牺牲，义无反顾地带领将士戍守边关，保家卫国。做出这一决定不仅需要勇

① 见肖鹏《宋词通史》（凤凰出版社 2013 年版）所论。

气，更需要一颗真正的爱国心。边塞生活虽然艰苦，但正是这一段边塞经历造就了范仲淹其人其诗，他的壮美诗句成为宋代边塞诗词中的一颗耀眼明星，因此就有了《论诗三十首》中的“论功若准平吴例，合著黄金铸范公”。

第四章　北宋陕北地区边塞诗的创作与思想倾向

第一节　北宋时期陕北边塞诗的创作

在中国的历代王朝中，陕北地区一直扮演着边塞重镇的角色，其因在军事地理上具有独特的战略地位，成为中国古代兵家的必争之地，从而在这里萌发和积淀了厚重的古代军事、人文历史。一些封疆大吏、文武重臣和投奔他们帐下的士子骚客，因曾在这片土地上驻防和征战的经历，心有所感，便用诗人的心灵感受以及充满诗意的眼光，成就了一首首以抒写陕北边塞军旅生涯为核心内容的边塞诗作，蔚为大观。

太平兴国七年（982），北宋军队占领了在今榆林市境内的夏、绥、银、宥、静五地后，党项李继迁率领部族反叛北宋。天圣九年（1031），北宋军队和李继迁部族多年在夏州——今神木市西北的地斤泽，今横山区党岔镇的银州城，今佳县的葭芦川，今神木市境的浊轮川，今神木市杨家城的麟州城，今府谷旧县城的府州城，今延安城的延州城等地激战数次，其间也有短暂的媾和局面。明道元年（1032），李继迁之子李明德去世，李继迁之孙李元昊即西夏国主位。至北宋宣和六年(1124)，北宋军与西夏兵先后在今白于山山脉的横山，今安塞高桥镇的三川口，延州城，麟府州，今榆阳区镇川的罗兀城，无定河川，夏州，今天榆阳区上盐湾一带的永乐城等地又多次鏖战。

北宋王朝在与西夏王朝150余年间的战争和对峙中，为了避免边塞军官权力过分集中，而造成尾大不掉的局面，最终导致威胁中央王朝局面的出现，于是在军事中的选人用人的政策上，更多地将文臣委派到陕北等边塞地区统军设防，长年与西夏军队作战，这被视为受到重用。其中如此的有张咏、王操、王禹偁、杨亿、苏舜钦、范雍、梅尧臣、范仲淹、韩琦、庞籍、欧阳修、文彦博、刘敞、王安石、司马光、范纯仁、沈括、张舜民、李复等。

在与西夏对垒抗御的战争中，王禹偁、杨亿、梅尧臣、曾巩、王安石、石介、苏舜钦等不仅向北宋朝廷上书，阐述自己抵御和反击西夏的方略，同时，联系到自己在陕北边塞与西夏兵进行战斗的惨烈程度，以诗写战、以诗存事，抒发自己的情感和志向。陕北战争的胜负，朝廷边塞军政的得失，军士边民的愁思与怨愤，边塞四季各异的风光和战争给普通民众所带来的灾难等，皆是入诗的题材，其间涌现了一百多位诗人，在《全宋诗》中存录三百多首诗歌。创作类型主要分为以下几大类。

第一类，描写战争的诗篇。有表现战争凯旋，庆贺胜利的诗。代表性的有刘敞的《西戎乞降》和《捷诗》，《捷诗》如下：

捷报苍龙阙，书从白豹城。关河开地利，雷雨肃天兵。
气摄千山动，威加万里平。献俘多宝玉，效首悉长鲸。
社稷灵何远，岩廊策自精。余妖暂煦沫，壮士待袭行。
天马来西域，貂裘实上京。遥知舞干羽，冠剑贺公卿。

白豹城在今天延安市吴起县。本诗赞颂宋康定元年（1040）九月宋将任福袭击西夏白豹城得胜之事。

沈括的《鄜延凯歌》（二首）："先取山西十二州，别分牙将打衙头。回看秦塞低如马，渐见黄河直北流。天威卷地过黄河，万里羌人尽汉歌。莫堰横山倒流水，从教西去作恩波。"边兵每得胜回，则连队抗声凯歌，乃古之遗音也。衙头指西夏禁兵卫队之类军队的首领。这首诗无比豪迈地赞美了北宋精锐之师的将士们奋勇杀敌、克敌制胜的精神。又有苏轼在《闻捷》中写道："闻说官军取乞闾，将军旗鼓捷如神。故知无定河边柳，得共中原雪絮春。"元丰四年（1081）七月，神宗调集五路大军分道出击西夏。十月四日，北宋名将种谔率领部将深入西夏势力范围，攻破层层防线，在无定河川杀敌六万余人，获得战马五千匹。后两句比喻无定河地区的人民与中原一样，共享着大宋皇恩，其如春天般温暖。

还有《寄永兴招讨夏太尉》中梅尧臣作："宝元元年西夏叛，天子命将临戎行。二年孟春果来寇，高奴城下皆氐羌。五原偏师急赴敌，昼夜不息趋战场。马烦人怠当劲虏，虽持利器安得强。二师覆败乃自取，岂是廊庙谋不臧。朝廷又选益经略，三幕贤俊务所长…… 仲夏科民挟弓矢，季冬括驴赍道粮……我愿助画迹且远，侧身西望空凄凉。庶几一言可裨益，临风欲寄乌翼翔。所宜畜锐保城壁，转馈先在通行商。”这些都是宝元二年（1039）左右，在延州、麟府州等地，北宋与西夏交战的真实记录，“穷边苦寒地”“兵气相躔结”“朝笳吹余哀，叠鼓暮不绝”即对当时陕北边塞地区，尤其是延州、麟府州等地自然气候、军事对垒的细腻勾勒，还真实展示了北宋军刘平、石元孙在延州三川口的“二师覆败”。宝元元年（1038），李元昊正式称帝，背叛北宋王朝。宝元三年（1040）正月，李元昊亲自率领大军攻打延州城。金明寨最先被西夏军攻破，寨主李士彬被李元昊的麻痹大意战术所惑，结果被杀，其后西夏继续攻打延州城。宋廷于康定元年（1040）五月命令夏竦为陕西都部署，经略安抚，缘边招讨使，韩琦、范仲淹为副将。兵知州范雍急命鄜延、环庆都部署刘平从庆州发兵，与副都部署石元孙合兵趋土门救援。当刘平、石元孙率领部下行至延州城西北的三川口时，遭遇夏军，战斗中，宋将黄德和率先溃逃，导致刘、石宋军被包围。因刘平轻敌冒进，故“乃自取”。“功者不见阅”，北宋朝廷赏罚不明，朝臣、边将嫉贤妒能，“与彼势相戛，恐其立异勋”，诗人也进行了有力的抨击。又如，“所宜畜锐保城壁”“转馈先在通行商”“守而勿追彼自困”“且缓须时励犀卒”，也表露了作者强兵却敌的宏伟志向。

也有写战败的诗歌，如苏舜钦作的《庆州败》，诗中云：“今岁西戎背世盟，直随秋风寇边城。屠杀熟户烧障堡，十万驰骋山岳倾。……我军免胄乞死所，承制面缚交涕洟。逡巡下令艺者全，争献小技歌且吹。其余劓馘放之去，东走矢液皆淋漓。道无耳准若怪兽，不自愧耻犹生归！守者沮气陷者苦，尽由主将之所为。地机不见欲侥胜，羞辱中国堪伤悲！”这首诗大概作于宋仁宗景祐元年（1034）宋、夏庆州之战，宋军大败之后。其严厉批判了北宋王朝边防懈怠、将帅无能的事实，表达了自己忧心国事的情感。据《宋史·夏国传》载，宋仁宗景祐元年（1034）七月，西夏李元昊亲率大军进犯庆州城。宋缘边都巡检杨遵、柔远砦监押卢训以七百人马在马岭抵抗，结果失败。环庆路都监齐宗矩、走马承制赵德宣和宁州都监王文都发兵驰援，结果军队驻扎在节义峰时遭遇伏击，宋军大败。庆州大败后的第二年，石介作诗《西北》，其中写道：“吾赏观天下，西北险固形。四夷皆臣顺，二鄙独不庭。……堂上守章句，将军弄娉婷。不知思此否，使人堪涕零。”西夏和辽正在进攻宋朝，而宋廷里的官员还只顾赋诗，沉迷温柔乡。还有范雍的《纪西夏事》：“承平废边事，备预久已亡。万卒不知战，两城皆复隍。”写庆州、延州两城遭遇西夏军的围攻，最终三川口惨败，范雍被指无能，但他还是根据自己的切身感受向朝廷建议加强西北边防。文同作的《五原行》：“羌人钞暴为常事，见敌不争收若雨。自高声势叙边功，岁岁年年皆一同。将军玩寇五原上，朝廷不知但推赏。”以上几首诗，一方面描述西夏军侵袭北宋边塞，“屠杀熟户烧障堡”，另一方面也写到西夏兵的残忍暴行，对抓活的俘虏，若不会唱歌吹笛，就“劓馘放之去”；同时，“争献小技歌且吹”“东走矢液皆淋漓”，直接抨击北宋军官兵苟且存活，种种怯懦畏敌的丑态。再者，北宋那帮朝臣“堂上守章句，将军弄娉婷”，荒淫无度，以及宋军边将虚报军情自夸，年年如此玩忽职守，而朝廷极度昏庸，还“不知但推赏”，凡此种种，诗人们都进行了淋漓尽致的痛砭和揭露。

刘敞在其《哭守恩勇将》中写道："敌兵得汉巧，五月战西河，壮士平原死，孤城杀气多。犹闻疏勒守，无复鲁阳戈。"叙写此前司马光巡边到麟州，通判夏倚对司马光说准备伺机在麟州城下窟野河西白草坪再修筑堡垒，司马光给予支持，但郭恩和他率领的一千余名士兵在修筑堡垒的过程中遭到西夏军的袭击，郭恩等数百名宋军将士战死。还有《没蕃士》："是时十月交，转战大河曲。落日天地昏，风尘蔽川陆。我师自凭陵，虏骑出深谷。路穷矢交坠，壮士同僇辱。投身致网罟，南向长恸哭。……夜渡黄河水，独依荒榛宿。狐狸鸣我旁，虎豹相驰逐。脱身仅毫毛，夜动昼必伏。肌肤存空骨，性命半鬼箓。""蕃士"指的是北宋和西夏的交战区域。这首诗描写的是长期戍边的宋军将士与西夏苦战一番，却最终战败，后从"蕃士"辗转逃回的过程。

司马光曾作《塞上》："胡兵欲下阴山，寒烽远过萧关。将军贵轻士卒，几人回首生还。"从"将军"一句可以看出，诗人似乎是批评宋神宗治平四年（1067），宋军大将种谔招降西夏大将嵬名山后，攻占了今陕北绥德境内的绥州，随即引发宋夏大战的事情。郭祥正的《麟州叹》中的"边兵不觉西人至，麟州仓卒城门闭。城中带甲仅防城，城外生灵任凋毙。元戎底事不防秋，千里郊原战血流"，写的是麟州宋军与西夏军在城外的白草坪展开一场大战，守城大将见宋军被西夏军打败，仓皇往回逃亡，竟然命令紧闭城门，任由城外的宋兵被西夏兵残杀。李复的《督粮宿盐州东》中的"怒风吹雪急鞭马，匪兕匪虎率旷野。护粮将军夜不来，敦然独宿在车下。夏人骄狃敢予侮，王师问罪在一举。半岁力尽竟无功，哀哀生人命如土”等诗句，都是对嘉祐二年（1057）发生的麟府州之战以及元丰四年（1081）北宋鄜延、河东等五路大军猛烈攻打西夏的真实反映，战争的惨烈也透视出将士悲苦的命运。

第二类，大量描写战争给普通民众带来的深重灾难的诗篇。战争历来都是残酷的，所谓“兴，百姓苦；战，百姓更苦”。梅尧臣的《田家语》：“前月诏书来，生齿复板录。三丁籍一壮，恶使操弓韣。州符今又严，老吏持鞭朴。搜索稚与艾，唯存跛无目。田闾敢怨嗟，父子各悲哭。南亩焉可事？买箭卖牛犊。愁气变久雨，铛缶空无粥。盲跛不能耕，死亡在迟速。”这首诗讲常年的战争造成人口的极度萎缩，官府为了扩充兵源，带着政府公文，说是重新登记人口，实则强迫老百姓操起弓箭，弄得民怨沸腾。相传周朝设置“行人”官职，专门负责采集民间的诗歌，然后传达给“天子”，让他知道百姓的舆论和生活。这里诗人希望他的这首诗能起到下情上达的作用。鲁交的《经战地》中有“西边用兵地，黯惨无人耕”，“西边”主要指今天陕北、宁夏、甘肃地区，当时是宋、西夏的战争之地。这两句说西边因连年战争，致使田园荒芜，控诉了战争的残酷。王令的《何处难忘酒》中有“孤儿未胜甲，孀母送为兵。气绝心肝裂，号穷血泪横”。从中可以看出，孤儿年龄小得连铠甲都穿不上，只因官府逼迫，寡妇母亲只好把孩子送上前线去当兵。后两句描写孤儿寡母在参军时分别，母亲凄惨号哭的情景。

王安石的《河北民》中有“河北民，生近二边长苦辛。

家家养子学耕织，输与官家事夷狄。今年大旱千里赤，州县仍催给河役。老小相携来就南，南人丰年自无食。悲愁天地白日昏，路旁过者无颜色”，“二边”是指生活在宋与西夏、辽边境上的百姓。北宋王朝为换得边境地区的长久安定，曾于真宗景德元年（1004）和仁宗庆历四年（1044）分别与辽和西夏签订和约。宋辽澶渊之盟规定，北宋每年送给辽白银十万两，丝绢二十万匹。宋与西夏的协议规定，北宋每年送给西夏白银五万两，丝绢一万匹，茶叶五千斤。所以，普通百姓的压力是非常大的。从诗中可以看出，尽管是大旱荒年，但官府仍旧征发劳役去防治泛滥的黄河，故边地人民不堪压迫，举家逃难到河南，眼中所见的中原虽然是大丰之年，但百姓还是忍饥挨饿。李复的《兵馈行》中有“调丁团甲差民兵，一路一十五万人。鸣金伐鼓别旗帜，持刀带甲如官军。儿妻牵衣父抱哭，泪出流泉血满身。前去不知路远近，刻日要渡黄河津。……征人白骨浸河水，水声呜咽伤人耳。来时一十五万人，凋没经时存者几”等诗句，描绘的是边塞民夫、妇女及老弱放弃耕种，背井离乡，为北宋鄜延路种谔大军征伐西夏运送军粮时一路悲惨心酸的情景。从中可看出，中原地区的百姓既使在天灾压头的境况下，还要接受官府的残酷压迫，上交绢、粟和弓箭等物品，甚至连老弱病残、妇女儿童也要被迫从军役。“黯惨无人耕”“大旱千里赤”“儿妻牵衣父抱哭”“号穷血泪横”，这一幕幕正是边塞百姓用生命绘制的一幅幅凄惨的“流民图”。

第三类，文臣武将的送别酬答诗。梅询作有《送夏子乔招讨西夏》。夏子乔即夏竦，字子乔。景祐五年（1038），李元昊称帝后，朝廷任命夏竦率领永兴军征讨西夏，此诗即作于此时，赞扬夏竦具有运筹帷幄、决胜千里的本领，热切鼓励他在边塞建立功勋，光荣凯旋。杨亿作有《郑工部陕西随军转运》。郑工部，即郑戬。宋至道二年（996）其以工部尚书的身份，出任陕西四路都总管兼经略安抚招讨使，征讨李继迁，杨亿作诗对郑戬寄予厚望。范仲淹作有《送河东提刑张太博》。张太博在苏州时就曾与范仲淹有交往，又在庆州与范仲淹一同戍守边塞，为范的部下。梅尧臣作有《环州通判张殿臣亢》。张殿臣亢即张亢。李元昊反叛北宋，张亢曾是环州通判。刘敞作有《贺范龙图兼知延州》。范龙图即范仲淹。欧阳修作有《送昙颖归庐山》。昙颖是宋真宗时进士，后辞官为僧。这里诗人羡慕友人辞官归隐山林。吕陶作有《赠平羌狄尉》。平羌狄尉即狄青。宝元初年，李元昊反，宋以狄青为三班差使，狄青常为前锋，临敌披发，出入贼中，皆莫敢当。皇祐年间（1049—1053）平定广西侬智高叛乱，返回汴梁，“帝嘉其功，拜枢密使”，此诗大概作于此时。赵抃作有《送韩丞相琦出镇陕右》。从诗中“边城轻举动”等句可知此诗大概作于神宗熙宁元年（1068）初。此诗一方面说宋夏和议后，西夏感激宋朝以文治国的恩德，宋夏结束了战争；另一方面讲陕北的百姓犹如久旱盼雨般希望韩琦的到来能最终征服西夏。另，沈辽作有《奉送安行弟赴博罗守》，等等。

以上诗歌大多是鼓励同僚和即将出征的北宋热血男儿，希望他们能在边地奋勇杀敌，建立功业，但也有一些内容是议论军事，回忆峥嵘岁月，表达感伤惜别情感的。多种内容和情感相互交织缠绕在一起，从多种角度切入。在刘敞的

《贺范龙图兼知延州》[1] 中，“大兵昔催伤，两将折旗鼓。哀哉中国士，化作城下土”，在叙写宋、夏两军于宝元三年（1040）正月进行的三川口之战的同时，还高度赞扬了范仲淹在延州边塞大败西夏军，使“国耻行且刷”。再有欧阳修的《送昙颖归庐山》，在叙写同僚昙颖“一旦不辞诀，飘然卷衣裾”，“山林往不返”，远离尘世，投身深林的同时，更是写到“西北苦兵战，江南仍旱枯。新秦又攻寇，京陕募兵夫”的动荡不安，体现了诗人厌倦战争，渴望和平，羡慕友人，归隐山林的情怀。

第四类，描写边塞风光的诗歌。面对陕北边塞地区辽阔的山川、秀美的自然景观，这些封疆大吏咏出大量溢美之诗。张咏作有《新秦遣怀》，新秦在麟州城，即今天陕西省神木市杨家城，该诗作于张咏在此为通判时，描述了诗人长期驻守边关的孤寂心情和当地奇异的景物；《登麟州城楼》主要描写陕北边关的自然景象和戍守士卒的辛苦。王操的《塞上》描写陕北无定河流域因多年无战事，塞上天地清净、空旷，长年戍守在这里的士兵孤寂痛苦；《游边上》描写诗人游览夏州等边塞所见到的既悲凉空旷又魅力如画的塞外风光。韩琦的《闻角》是一首戍边伤感的诗作。唐异的《塞上作》大概写于庆历四年（1044）宋、夏和议停战之后，描绘了夕阳斜照边地闲静的景况。文同的《晚至村家》深入细致地描写了陕北高原的芦苇、儿童、柴门等日常生活事物。文

---

① 榆林市诗词学会编纂：《榆林历代诗词全集·二》，陕西人民出版社 2018 年版，第 52 页。

彦博的《塞下曲二首》《寄怀麟州城红楼》，诗笔涉及军队的弓箭和投壶游戏，其中也有北方的沙漠和植物，素静安详。司马光的《延安道中作》《塞上四首》，写宋夏边塞战争再起，诗人陕北巡边，然宋朝承平日久，人们头发花白，才见到战争。诗人沈括被朝廷授任延州地区的封疆大吏，作《延州柳湖二首》对柳湖的美景大加赞赏，称使人忘却身在天涯边塞，寓写景于叙事之中，以此来表达自己的志向和情感。张咏的《登麟州城楼》中的“莫问戎庭苦，高栏是夕攀。时清官事少，边静戍人闲。雉堞临寒水，穹庐倚乱山”和《新秦遣怀》中的“貂褐久从戎，因令笔砚慵。梳中见白发，枕上忆孤峰。风动沙昏昼，寒多雪折松”等诗句，就是诗人于雍熙年间（984—987）出任麟州通判时写下的，景与情融为一体，写出边塞麟州的奇特景观使诗人赞叹不已的同时，也透露出戍边将士艰苦难耐的军旅生涯。

历史上，北宋王朝曾与党项李继迁短暂和睦相处，诗人王操在其《塞上》中写道：“无定河边路，风高雪洒春。沙平宽似海，雕远立如人。绝域居中土，多年息战尘。边城吹暮角，久客自悲辛。”还有《游边上》中有“佩剑游边地，悲风卷败莎。雕饥窥坏冢，马渴嗅冰河。塞阔人烟绝，春深霰雪多。蕃戎如画看，散骑立高坡”。庆历四年（1044）九月，诗人范仲淹曾到麟州视察边塞战备，触景生情，写下名篇《渔家傲·秋思》[①]：“塞下秋来风景异，衡阳雁去无留意。四面边声连角

① 〔清〕王致远纂修道光二十一年《神木县志》卷八中为《麟州秋词（调寄渔家傲）》，另有范仲淹诗《留题麟州》。

起，千障里，长烟落日孤城闭。浊酒一杯家万里，燕然未勒归无计。羌管悠悠霜满地，人不寐，将军白发征夫泪。”诗人把北宋与西夏停战后，陕北边塞展现的那种清远、苍凉、空旷的视觉景象描绘得惟妙惟肖，进一步也把戍卒那一股对家乡的思念之情活灵活现地衬托出，给人一种凄美、深切之感，余韵悠悠。

北宋的杨亿、郭稹、梅尧臣、曾巩、刘敞、王安石、苏轼等诗人虽未脚踩陕北土地，但也写下了很多反映陕北边塞战争战况的诗篇，夹叙夹议的手法寄托着自己的志向。还有一些产生于陕北边塞民间，反映社会风俗和经济文化状况的歌谣，这些诗章，以战争为主题，以时间为经，以事件为纬，多角度、全方位地展现了一幅宋、夏战争或相持阶段，真实而广阔的社会生活图景，具有浓郁的地域文化色彩，是宝贵的文学文化遗产，值得我们珍视和研究。

图4－1　统万城遗址（李生程 摄）

第二节　北宋陕北边塞诗忧患意识的体现

严格地讲，北宋并不算完全意义上的封建大一统王朝。北边有契丹族建立的大辽政权，都城就在今天的内蒙古巴林左旗附近，西北边有党项族建立的西夏政权，都城就在今天的宁夏银川市，西南方向是云南大理政权，青藏高原是吐蕃政权，西北方向还有高昌、龟兹、于阗等政权，时时刻刻威胁着大宋王朝的安危。灭亡北汉后，宋太宗曾两度出兵攻打辽，希望把契丹族的势力范围控制在长城以外，可全都以失败告终，而对西夏的用兵，也多以失败告终。民族矛盾一直处于尖锐的状态。

979 年，扫灭北汉后，宋太宗挥师北上，剑指幽州，势如破竹，沿路州县纷纷降宋。但因宋军长途作战，疲惫不堪，久攻幽州城不下，大辽名将耶律休哥领兵救援，在高梁河大战一场，宋军大败。980 年，辽朝又用兵雁门关，守将杨业将其击溃。986 年，宋太宗指挥三路大军北上，东路剑指幽州，中路剑指蔚州，西路直取云中，结果东路军行至涿州时，遭遇大辽主力，人困马疲，无心恋战，宋军大败。两次大败后，北宋军事收缩。1004 年，大辽又发兵南下，大军直抵澶州，双方议和，澶渊之盟订立。1002 年，党项李继迁占据了灵武，震动大宋朝野。其子持续征战，尤其是其孙李元昊称帝后，北宋和西夏连年战争，对陕北地区争夺不休，但战争多以宋王朝的失败而结束。1125 年 10 月，金兵南下攻宋，包围开封，李纲坚决抵抗，金被迫撤退。1126 年，金兵占领开封，俘虏徽、钦二帝，北宋灭亡。

从以上史料可以看出，北宋王朝存在着频繁的边塞战争，形式和结果多有不同，战争对象、困难程度可说是大同小异。这为边塞诗歌的发展奠定了坚实的基础。

《孟子·离娄下》中说："禹思天下有溺者，由己溺之也。稷思天下有饥者，由己饥之也。"北宋的封疆大吏都由读书人担当，深受儒家思想浸染的他们，对社会充满着极强的责任感和忧患意识。首先，北宋的读书人怀有强烈的国家责任感，他们忧国忧民，时刻关注国家的安危。"先天下之忧而忧，后天下之乐而乐"① 出自范仲淹之口，正是北宋士人追求的人生理想。其次，北宋没有两汉、李唐王朝那样强大。开国之初，燕云十六州仍然被辽占据，而南部的驩州一带，曾是唐朝流放罪人的地方，这时已被越李朝控制。北宋灭亡后，南逃的宋政权只能以淮河、秦岭为界，满足着残破的半壁江山。北宋的军事实力一直比较虚弱，朝廷将军队分为禁兵、厢兵等几类，而禁兵是实际具有战斗力量的，且大多驻防京师，不断调防，兵不知将，将不知兵，于是将叛乱的可能性降至最低。但这样也带来很大的问题，即军队战力不佳，与外敌交手，大多以败绩结束。直至南宋朝廷覆灭，宋廷一直都是处于外患侵扰的状况。有宋一代，虽经济繁盛，但国内的冗官冗费以及对外每年的巨额上贡，让财政时现窘相，全国农民、商贾等苦不堪言。眼见外患内忧重叠不断的严峻形势，忠勇爱国志士们忧心忡忡。

---

① 〔宋〕范仲淹：《岳阳楼记》，《范文正集》卷七，吉林出版社集团 2005 年版。

陕北边塞地区严峻的军事斗争，使得诗人们心怀忧患意识，极少创作歌功颂德的诗作。北宋初年，王禹偁作《对雪》"因思河朔民，输税供边鄙"，路振作七言古诗《伐棘篇》，"索头丑奴搔河壖，朔方屯师连七年"，表达了他们抵抗外族入侵的坚定立场，有杜甫遗风。他们的诗作都是心念国运民生的作品。宋代诗人在表现个人志向时，非常内敛、谨慎，如"使寰区大定，海县清一"① 或"致君尧舜上，再使风俗淳"②这般的豪逸之作，在宋代诗人的作品中是很少见的。北宋政坛最具抱负的政治家兼诗人是王安石，其表达雄心豪情时也仅仅是"材疏命贱不自揣，欲与稷契遐相希"③，气势远没有李白、杜甫的豪壮。最后，北宋的思想控制程度甚于前朝，政坛又经常爆发激烈的党争，读书人因其诗作获罪的情况时有出现，于是，考虑到仕途晋升，讽世或者述怀的诗作就比较少。今人诵读宋代边塞诗，谨严、朴素、细致、沉郁的特点环绕周身，确实难见唐代边塞诗里那种天马行空、气冲牛斗的豪迈气场。北宋边塞诗的现实所指非常明确，但缺少一种唐代边塞诗所具有的潇洒浪漫。这些都与宋人深沉的忧患意识紧密关联。

忧患意识的深沉，转而造就了北宋边塞诗歌中爱国思想的弘扬。爱国主题在我国具有悠久的历史积淀和文化传承，而每逢国家遭遇生死存亡时爱国主题就会大放异彩。从战国

---

① 〔唐〕李白：《代寿山答孟少府移文书》，《李太白全集》卷二十六，中华书局1998年版。

② 〔唐〕杜甫：《奉赠韦左丞丈二十二韵》，仇兆鳌注《杜诗详注》卷一，中华书局2004年版。

③ 〔宋〕王安石：《忆昨诗示诸外弟》，李壁笺注、高克勤点校《王荆文公诗笺注》卷二〇，上海古籍出版社2010年版。

时代的屈平至李唐王朝安史乱局中的杜甫，他们的诗歌创作都揭示了这种规律。宋朝的民族矛盾异常激烈，几百年里外敌从未停止侵扰。汹涌的农民起义和激烈的藩镇割据导致了两汉、李唐王朝的覆灭，而北宋和南宋王朝都是在强敌的不断侵扰下消亡的。如此，宋代的诗人对爱国主题的阐发分外看重。

北宋立国之初，党项与契丹时常扰边，朝廷长年用兵又难以抵御，于是，每年向其提供巨额金钱和财物，以此换来短暂的和平。“士可杀，不可辱”，深受儒家思想浸染的传统士大夫们难以忍受这种屈辱，但又无能为力，于是，心头的重负就常常反映在他们的诗作中。王禹偁作《唐河店妪传》，苏舜钦作《庆州败》，王安石作《阴山画虎图》，黄庭坚作《送范德如知庆州》，都是爱国主题的佳作。

北方建立起更为强大的金、元政权后，一百多年里，宋人在与金、元的抗争过程中，爱国主题成为整个文坛的主导倾向。秀美边塞支离破碎，与敌作战时战时和，纠缠不清，是每个诗人都必须直面的现实。当然，最能展现时代风貌的是陆游等爱国士子的振臂高呼。陆游的《书愤》：“早岁那知世事艰，中原北望气如山。楼船夜雪瓜洲渡，铁马秋风大散关。塞上长城空自许，镜中衰鬓已先斑。出师一表真名世，千载谁堪伯仲间。”再有他那首在临终前写的《示儿》诗：“死去元知万事空，但悲不见九州同。王师北定中原日，家祭无忘告乃翁!”感人至深、传诵千古，把爱国主题弘扬到前所未有的高度，陆游虽未到过陕北边塞，这时的陕北也早已被占领，但他的情感抒发实为边塞文化的英雄主义和阳刚之气。此后，每当中华民族处于最危难的时候，人们总能从他们的诗歌中汲取不懈斗争的力量。这是宋代边塞诗歌最值得高扬的历史性贡献。

第三节　北宋陕北边塞诗的不同表现方式

边塞诗词记录了宋、夏战争爆发前后的全程，较为详尽地展示了当时社会的方方面面。

夏州叛

祖无择

羌虏奸诛轸圣忧，出师十万拥貔貅。
朝廷命将诗书府，廊庙论兵帷幄筹。
舜后舞干期振旅，汉臣投笔待封侯。
宣王六月存周雅，愿继徽声颂国猷。

此作记宋夏战争之起，朝廷开始调兵遣将。作品表达了作者对于时事之隐忧和对于和平结局的期待。

战争的当时，边塞诗词也发挥了其作用。如欧阳修的《送任处士归太原》正写在宋夏战争当时，原注："时天兵方讨赵元昊。"其云："一虏动边陲，用兵三十万。天威岂不严，贼首犹未献。自古王者师，有征而不战。胜败系人谋，得失由庙算。是以天子明，咨询务周遍。直欲采奇谋，不为人品限。公车百千辈，不下遗仆贱。况於儒学者，延纳宜无间。如何任生来，三月不得见。方兹急士时，论择岂宜慢。任生居太原，白首勤著撰。闭户不求闻，忽来谁所荐。人贤固当用，举缪不加谴。赏罚两无文，是非奚以辨。遂令拂衣归，安使来者劝。嗟吾笔与舌，非职不敢谏。”诗作叙写了战争发生后朝廷的反应——“用兵三十万”，发表自己对于王师有征无战、胜败归于德政的看法，也表现了士人争相用命的可喜局面，由此更衬托出后来任处士报国无门的悲哀。欧诗将个人的利益得失置于国家征伐、朝廷选才等大背景中，写时事与写个人相互配合，获得了很好的效果。

宋师的败绩是无法掩饰的，在诗词中也被记录了下来。苏舜钦的《庆州败》即此类作品。刘敞的《闻伯庸再安抚泾原》亦是，其注云“壬午九月镇戎丧师复再往”，诗作写道：“西师又失律，将帅各颠覆。流血丹川原，积尸委山谷。咄嗟仁寿域，短夭生理促。王命有不行，国威为之衄。鄙夫无忧责，感慨祇恸哭。况闻哀痛诏，辍食想颇牧。朝廷足名卿，多垒各含辱。谋议宜深长，疮痍待湔浴。使乎非常任，天子意所属。百万气未苏，吾民且局缩。贤人勤功名，报国忍劳笃。往者博望侯，昔时来君叔。再三持汉节，白发走川陆。岂不久憔悴，事业光简牍。关河据上游，郡国同心腹。征膳向五年，强宗亦单独。君乘赤轮车，一一询比屋。唐虞升平风，惆怅难再沐。”诗中描绘了战争中血肉横飞、尸骨遍野的惨状。据相关史书记载，此战中宋军战亡超过六千。因为“将帅各颠覆”的是宋朝一方，因此诗人感到深切的悲哀和痛心。

对于战争的体会，莫过于身在行伍之人了。而军队中，既能亲见战斗又比较有机会在残酷的战火中存活，进而用文学进行记录的边地的帅、守最具代表性。曾身为边帅的范雍有《纪西夏事》三首，写出了身临其间的将士所能体会到的情形。

其一

七百里山界，飞沙与乱云。虏骑择虚至，戍兵常忌分。
啸聚类宿鸟，奔败如惊麏。难稽守边法，应敌若丝棼。

其二

承平废边事，备预久已亡。万卒不知战，两城皆复隍。
轻敌谓小丑，视地固大荒。愿因狂狡叛，从此葺边防。

其三

剧贼称中塞，驱驰甲铠精。昔惟矜突骑，今亦教攻城。
伏险多邀击，驱羸每玩兵。拘俘询虏事，肉尽一无声。

这三首诗可谓边帅范雍对于战事的总结。其一叙述宋军败退之事，描绘当时情状；其二分析败亡的原因，抒发慨叹；其三针对具体战事，表现敌军的强势和顽固。《儒林公议》载："夏寇既败官军，刘平石元孙陷没，延州几至不守。范雍日告朝廷益兵，复为诗，以言贼事凡数十章，其传播者云云，盖延州屡得贼中谍者，虽脔其肉且尽，终无一言。故雍诗有云。初朝廷轻视元昊，边臣奏请，不甚允从。至是，方罪枢臣而逐之。"这段材料是对范诗本事的介绍，可以作为诗作的背景来了解。范雍在对西夏的战争中虽功绩不显，但他这组诗对于战争的纪实却是功不可没的。

冯山有诗《送江衍巨源提举赴阙》亦在当时记录宋夏战争："连兵巨费久乃定，得失未可相偿陪。去秋西师出四路，欲举夏寇除根荄。精强挽运一蹉跌，十存四五良可哀。河南数州入封略，恶土弃壤如尘灰。传闻敌气渐衰弱，阃外复委将军裁。借将贺兰作都护，戍守尚恐难栽培。况今秦人极疲敝，菽粟贵重如琼瑰。诸军零落气未振，肯听号令传风雷。”此诗叙述当时的大概情况，揭露了战争给边地百姓带来的巨大苦难——“秦人极疲敝”“菽粟贵重”，指出“诸军零落”，一盘散沙。冯氏在《侠少行》中则如是说：“传闻留后收兰州，姓名御笔亲点抽。”这也是写宋夏战争的，是一笔简省的记录。

神宗时，宋廷在针对西夏的战事中取得了胜利，这使当时士人鼓舞雀跃，相关的诗词也因之创作出来。如文同的《收复河湟故地》：“哑儿峡西山已尘，驮金辇帛无断群。河湟故疆尽收复，解辫厥角归如云。堂中玉带赐丞相，陇外金节酬将军。唐兵万里若日月，请作古今人未闻。”孔平仲的《熙宁口号》其四：“近闻寇盗理戈殳，太府输金入大炉。百炼刚刀斫西夏，万钧强弩射单于。”沈括有《鄜延凯歌》五首：

其一

先取山西十二州，别分牙将打衙头。
回看秦塞低如马，渐见黄河直北流。

其二

天威略地过黄河，万里羌人尽汉歌。
莫堰横山倒流水，从教西去作恩波。

其三

马尾胡琴随汉车，曲声犹自怨单于。
弯弓莫射云中雁，归雁如今不寄书。

其四

灵武西凉不用围，番家总待纳王师。
城中半是关西种，犹有当时轧吃儿。

其五

旗队浑如锦绣堆，银装剑背打回回。
先教净扫安西路，待向河源饮马来。

这组诗分层次表现了宋军收复西地的策略和步骤。其题为“凯歌”，当是带有军歌性质的作品，有的版本即题这组诗为“口号”。因为是用以鼓舞士气、做精神宣传的，诗作较为平易，短小精悍。沈括另有《延州诗》，也是写在宋夏边界上，前文已引。另，刘敞的《西戎》写于“时元昊始死”的情况下：“旄头占虏候，鸣镝射单于。哀死知明主，和亲愧腐儒。边锋少南牧，天马自东趋。看撤山西戍，无劳议远图。”诗人借助边塞诗来阐发个人主张，也记录了战争接近尾声的状况。

通过军事斗争，“西戎”终于“屈服”，战争结束，这在边塞诗词中也有所表现。如以下几首诗：

闻西戎乞降

刘敞

玉关依斥堠，荒服祀春秋。
干羽由来事，桑榆尚可收。
发书迎宝马，锡贡入貂裘。
高枕兴王世，吾生免外忧。

西戎乞降

刘敞

南国传消息，西戎送好音。
怀柔知帝力，启佑亦天心。
御酒葡萄远，离宫苜蓿深。
仍闻编旧里，五岳望君临。

句

滕元发

寒日边声断，春风塞草长。
传闻汉都护，归奉万年觞。

上举三首诗都是同一主题内容，即通过战争，西夏终于臣服。如说“干羽由来事，桑榆尚可收”，是点明战争结束、偃旗息鼓。中者强调了怀柔政策的重要性。“高枕兴王世”“启佑亦天心”“归奉万年觞”都写出了和平的表现。此外，苏轼的《闻捷》《闻洮西捷报》等亦是记录同一事件，可参照阅读。

第五章　北宋陕北边塞诗的艺术成就

第一节　北宋陕北边塞诗的艺术特征和审美情趣

在北宋建立后，历经二十多年的战争，基本统一全国，结束了自唐朝安史之乱以来，藩镇割据和五代十国的分裂局面，实现了南北方主要地区的统一。但常年与西夏等少数民族发生战争的陕北区域依旧需要重兵防守，因此虽然基本上已经实现和平，但边塞地区依旧被战火笼罩。许多想要报效国家的文臣武官来到陕北地区，希望能够建功立业，击败敌军报效祖国。因此在战争中许多人写下了诗歌作品，在这些诗中，既能够看到诗人战争时的胆识，也能够看到他们身为儒士的才华。基于此，对陕北边塞诗歌进行研究，不仅能感受到诗人们浓重的情感，同时也可以对当时边塞诗的特征与审美有更清晰的认识。

比如，范雍（981—1046），字伯纯，今河南洛阳人，为治尚恕，好谋而少成，羌人称其为大范老子。宝元三年（1040）正月，西夏李元昊反叛，强攻延州，朝廷拜范雍为振武军节度使，主政延州，面对西夏的凌厉攻势，范雍无力抵抗，终致宋军三川口大败。《纪西夏事》对此事进行了记录："承平废边事，备预久已亡。万卒不知战，两城皆复隍。轻敌谓小丑，视地固大荒。愿因狂狡叛，从此葺边防。"此诗是范雍惨败后，结合自己在战争中的切身感受写出的，向北宋朝廷发出了加强西北边防的建议，语言质朴，情感真挚。

韩琦（1008—1075），字稚圭，自号赣叟，相州安阳（今河南省安阳市）人，北宋政治家，陕北边塞名将。宝元三年（1040），西夏攻打延州，朝廷任命韩琦和范仲淹同为陕西经略安抚副使，共同抵御西夏的进攻，时称"韩范"，名重一时。《闻角》即诗人戍边伤感的一首诗作："古堞连云暝霭收，呜呜清调起边楼。雍琴垂泪虚情恨，羌笛残梅未胜愁。数曲伴风吹戍垒，几番侵梦入宾邮。听来便觉春心破，素发生多不待秋。"丈夫有泪不轻弹，只是未动伤心事，羌管悠悠，边塞的苦寒，让诗人"春心破"，思念妻子的深情跃然纸面。

范仲淹（989—1052），字希文，吴县（今江苏省苏州市）人，北宋著名的政治家、军事家和诗人，真宗大中祥符八年进士。庆历三年（1043）范仲淹授参知政事，主持庆历改革，向宋仁宗上《奏陕西河北和守攻备四策》《答手诏条陈十事》，提出整顿吏治、培养人才、发展生产、加强武备等十项主张，史称"庆历新政"，但遭到保守派朝臣们的激烈阻挠而未果，反被诬为"朋党"，"新政"遂废。次年罢政，自请外放，出任陕西、河东宣抚使，《留题麟州》即诗人此期出巡麟州时的诗作："宣恩来到极西州，城下羌山隔一流。不见耕桑见烽火，愿封丞相富人侯。"《渑水燕谈录》云，范仲淹在守边期间，“威德著闻，夷夏耸服”，有效地遏制了西夏的侵扰，保卫了西北边疆，其文学成就亦粲然可观，诗歌能突破唐末五代的绮丽风气，气概豪迈，劲健苍凉。

司马光（1019—1086），字君实，号迂夫，陕州夏县（今属山西省）涑水乡人，北宋政治家、史学家，诗人，宋仁宗景祐五年进士。北宋嘉祐二年（1057）春，司马光作为并州通判巡边到麟州。当时治理麟州的将领是武戡，他向司马光汇报，想在麟州城屈野河西白草坪再建两个军事堡垒，以抵御西夏，司马光听了很高兴，遂作《将军行》：“赤光满面唇激朱，虬须虎颡三十余。腰垂金印结紫绶，诸将不敢过庭除。羽林精卒二十万，注听钟鼓观麾旓。肥牛百头酒万石，烂漫一日供欢娱。自言不喜读兵法，智略何必求孙吴。贺兰山前烽火满，谁令小虏骄慢延须臾。”从诗中“虎颡三十余”“腰垂金印”“不喜读兵法”等描写看，司马光似乎对此次出巡非常满意，尤其是谋划抗御西夏的事。再之后，司马光因与王安石政见不合，还曾巡边陕北边塞，赋诗言志，但面对不断破碎的山河，诗歌中的激昂气氛已经退去，审美风貌更加低沉。

向敏中（949—1020），字常之，开封人，北宋太平兴国五年（980）进士。景德初，朝廷委命他到陕北边塞地区为主政，曾作《偶吟遣怀》：“昔为宰辅居黄阁，今作元戎控夏台。万里苍黔渐受赐，一方清晏有何才。紫宸杳杳弥年别，红旆翩翩映日开。将相官荣如我少，不须频献手中杯。”在这首诗里，诗人提到“夏台”，即今陕北靖边县的夏州故城所在，原是东晋时的统万城，匈奴人赫连勃勃建造，土色白而坚固，因其曾建国号夏，遂谓之夏台。夏州本是汉人领土，宋时却被李元昊占据，于是说夏台便是指西夏，诗人内心苦楚和民族自卑感含蓄表露。

沈括（1031—1095），字存中，号梦溪丈人，杭州钱塘（今浙江杭州）人，三十二岁中进士，以一本《梦溪笔谈》名垂青史，被誉为“中国科学史上的坐标”。在距今九百年前的北宋元丰年间，沈括担任北宋鄜延路经略安抚使，激烈的军事斗争之余，沈括经常到陕北的边塞要地去巡边，他在延州一带发现当地人民采集、利用石油的情况。“鄜、延境内有石油，旧说‘高奴县出脂水’，即此也。生于水际，沙石与泉水相杂，惘惘而出，土人以雉尾甃之，用采入缶中。颇似淳漆，然之如麻，但烟甚浓，所沾幄幕皆黑。余疑其烟可用，试扫其煤以为墨，黑光如漆，松墨不及也，遂大为之，其识文为‘延川石液’者是也。此物后必大行于世，自余始为之。盖石油至多，生于地中无穷，不若松木有时而竭。今齐、鲁间松林尽矣，渐至太行、京西、江南，松山大半皆童矣。造煤人盖知石烟之利也。石炭烟亦大，墨人衣。余戏为《延州诗》云：‘二郎山下雪纷纷，旋卓穹庐学塞人。化尽素衣冬未老，石烟多似洛阳尘。’”沈括成为我国古代第一位给石油命名，并为石油写诗的人。这首诗是诗人在陕北布置延州防务时所写，道出了边塞诗轻松、理性的一面，在那样一种紧张的局势下，实为难得。“今天，全世界都公认石油的经济价值以至政治作用，我国也摘去了‘贫油’的帽子，大力开采和利用石油，为实现‘四化’服务，沈括的笔谈和小诗值得我们珍视。”① 今天中国

① 王必：《沈括的“石油诗”》，《教学与进修》1983 年第 1 期。

第四大石油集团延长集团总部和主要采油地即在当时鄜、延二州，今天延长、延川一带。

韩世忠（1089—1151），陕西省绥德县人，字良臣，出身贫寒，英勇善战，胸怀韬略，在抗击西夏和金的战争中为宋王朝立下了汗马功劳，且在平定各地的叛乱中也做出了重大的贡献，是出生于陕北且留下诗作的唯一一人，两宋之际的名将，与岳飞齐名。此外，还有很多诗人并未来过陕北边塞，但也写了很多与陕北边塞的人和事密切相关的酬和诗、送别诗，例如王珪、苏轼等。

北宋时期转变了中原王朝所建立的对外军事政策，北宋不再像前朝般追求开疆拓土，而更加地注重于固守所谓本朝的疆土。与此同时，儒、释、道三家教派的思想也有了转变，更多地关注个人内心的修养，而不是追求外部卓越的丰功伟绩，因此此时的宋朝士大夫的追求和性格与前朝也不尽相同。

在宋朝，文人对世界有了不同的看法，不再认为个人追求与社会担当是对立状态。在前代，世俗普遍认为，不读书就在田野中耕种劳动，而读书就是为了当官通达。在这种观念之下，两种生活毫无联系，是两个完全不同的世界，甚至彼此对立。在宋朝的学子们看来，完全可以将两种生活结合，宋朝的士大夫十分热衷于发表自己对于朝政的看法。虽然在朝堂上心血激昂，但却不妨碍士大夫们在下朝之后，回归到淡定怡然的状态。因此，宋朝士大夫的思想较为自由，他们更多的是将自我修养作为人生目标。

宋诗“以文为诗，以议论为诗”和“史诗”性质的特点在北宋时期陕北边塞诗中同样有所显现。陕北边塞诗议论军事，反映北宋和西夏军队在陕北边塞的战争情况，针砭时弊。这些诗作多以纪实的手法，叙述、描写、议论、评点、抒情并用，官兵的日常训练，朝政的得失，防卫布置以及山川气象，内容庞杂，真实性强，其中不乏传世之作。《己卯冬大寒有感》中苏舜钦就写道：

延川未撤警，夕烽照冰雪。穷边苦寒地，兵气相纏结。
主将初临戎，猛思风前发。朝笳吹余哀，叠鼓暮不绝。
淹留未见敌，愁端密如发。予闻古烈士，自誓立壮节。
丸泥封函关，长缨系南越。本为朝廷羞，宁计身命活。
功名非与期，册书岂磨灭。然由在遇专，丑类易翦伐。
训士无他才，赏罚在果决。近闻边方奏，中覆多沈没。
罪者既稽诛，功者不见阅。虽使颇牧生，勇智当坐竭。
或云庙堂上，与彼势相戛。恐其立异勋，欻然自超拔。
不知百万师，寒刮肤革裂。关中困诛敛，农产半匮竭。
我欲叫上帝，愿帝下明罚。早令黠虏亡，无为生民孽。

己卯即宋仁宗宝元二年（1039），本诗讲的是在1038年，西夏李元昊自称大夏帝，并于1039年春，派遣枢密使等到北宋京师，向宋朝皇帝表示："伏愿一垓之土地，建为万乘之邦家。"六月，宋廷削去李元昊的官爵，宋、夏双方成剑拔弩张之势，并发生了一些小规模的战斗，故云"兵气相纏结"。而从"关中"这两句可以看出，宋夏战争也使关中人民深受其苦。

另一方面，在生活态度上，宋代士人践行的是一种全新的生活概念。集体意识在宋代士子身上是异常明显的标志，结社结党成为社会的普遍现象，也是被大众认可的。这与宋人的哲学思想密不可分，即个人从属于集体，那么，个人的努力必然要受到理性的节制。宋人不像唐朝人那般展现出来的是自由、奔放的风貌，而是更加平和、理性，当人生一帆风顺时，李白有“仰天大笑出门去”，而当事业遭遇挫折时，孟郊又有“出门即有碍，谁谓天地宽”，这在宋人那里是完全不可能的。当年王安石仕途正顺时在《壬子偶题》中表露心迹“江湖秋梦橹声中”，可曾想过，他当年接替相位时心念的却是“霜筠雪竹钟山寺”。苏轼也是一样，一生坎坷，却能以宽广的视野去拥抱大千世界，华发已生，被贬谪南海荒野，却能宠辱不惊，进退自如，其人生态度被历代文人士子敬仰，亦为后人提供了富有遐想的审美范式。范仲淹在《岳阳楼记》中作“不以物喜，不以己悲”，相较前代，宋人的生活态度更加理性和冷静，少了不安与躁动，多的是成熟与稳重，这一点在宋人陕北边塞诗中体现尤为明显。宋代边塞诗宏大不如唐代，没有华丽的外表，艺术的朴素、真诚是宋代边塞诗追求的目标。这些都和宋代士子的文化心理、生活看法密切相关。

唐人的边塞诗歌基调昂扬，大处落墨，写奇情壮景；宋人的边塞诗歌朴素、谨严、沉郁、细致。所以王昌龄有“黄沙百战穿金甲，不破楼兰终不还”的信心和气势；李贺虽面对“青海长云暗雪山，孤城遥望玉门关”，但有着“报君黄金台上意，提携玉龙为君死”的大唐帝国雄浑的民族精神。同样写边塞景象，岑参笔下是“忽如一夜春风来，千树万树梨花开”，充满了浪漫、新奇之感。而王操笔下是“无定河边路，风高雪洒春。沙平宽似海，雕远立如人……边城吹暮角，久客自悲辛”，给人以悲凉、空旷之感。

在宋代，士人的审美评判标准亦大异于前代。禅宗哲理虽起源于域外，但这时早已经完全中国化和本地化，禅宗思想的渗透是惊人的，可谓影响着中国人的日常生活，流淌在读书人的血管里。不在意行善、念经等表面形式，而是奉瞬间的顿悟为旨归。同步向前的，是儒学的进一步转变。所学思想和日用人伦相结合，内心的体悟提升到更加重要的地位。所以，宋代士人在生活中不拘于小节，奉行抓大放小的人生哲学，即只要不触及最根本的原则，能信守内心的安宁，那么，外在的表现完全可以不必太过苛求，由此带来的审美眼光也变得越来越世俗化了。宋人忌俗尚雅，以俗为雅，将民间俗语、正史、小说、禅宗语录记载的口语或平常不用的素材写入诗中，扩大了诗歌题材，更贴近生活。如梅尧臣的描写战争给民众带来的痛苦的诗篇《田家语》：“谁道田家乐，春税秋未足。里胥扣我门，日夕苦煎促……”以日常口语化的语言开篇。还有他的诗歌篇命名为《兵》《有客》等，这在唐代是很少见的。苏轼在《超然台记》中写道：“凡物皆有可观，苟有可观，皆有可乐，非必怪奇伟丽者也。”可谓真是“宁可食无肉，不可居无竹，无肉令人瘦，无竹令人俗”的审美追求。黄庭坚在其《题意可诗后》中也说“若以法眼观，无俗不真”，这最终导致这种全新的审美判断标准的确立。哲学审美的变化，导致宋代边塞诗歌与朝堂严谨诗文一样，由严于雅俗的区分走向以俗为雅的创作。宋诗中，尤其是陕北边塞诗已经实现由“俗”向“雅”的转变，或者说“雅”对“俗”的超越。“以俗为雅”的命题，梅尧臣就曾提出且亲身实践过，并有多首陕北边塞诗歌传世。这样的确扩大了陕北边塞诗歌的表现范围和手段，诗的内容更加贴近生活，反映现实。宋诗的新变，陕北边塞诗的新面貌的出现，根源就是出现了“以俗为雅”的审美标准。

塞上秋怀

寇準

未识穷边苦，今游信有之。
秋林残照后，关路独行时。
碛迴风长急，天寒雁度迟。
离心已无赖，更听戍楼鼙。

从诗中的风物看，此诗当为寇準于西夏调运兵食时所作，“秋林”或为地名。作为大宋之股肱，在两朝边境上调运兵食或是通判永兴军路等经历都为其一代名臣之风打下了坚实的基础。此诗之中心，全在“无赖”，一腔家国之情的无所依凭。首联先写诗人之所闻所见，只用一个“信”字，不着痕迹地表现出“穷边”之“苦”，此苦不仅仅在物候，有生民之苦，亦有家国之苦。二联写风物，以“残照”写内心之恓惶，四联用“戍楼鼙”写诗人的“无赖”之反复。“无赖”背后，是忧虑，是“感时花溅泪，恨别鸟惊心”，也是一腔爱国之情。

依韵和延安庞龙图柳湖

范仲淹

种柳穿湖后，延安盛可游。远怀忘泽国，真赏即瀛洲。
江景来秦塞，风情属庾楼。刘琨增坐啸，王粲斗销忧。

秀发千丝堕，光摇匹练柔。双双翔乳燕，两两睡驯鸥。
折翠赠归客，濯清招隐流。宴回银烛夜，吟度玉关秋。
胜处千场醉，劳生万事浮。王公多雅故，思去共仙舟。

因北宋军制与官制，边军将领多为文人，且迁谪频繁。这间接地给北宋边塞诗开发了一个全新的题材：游宴应和。在这一题材下，文人志趣和时代现实结合得相当紧密，爱国主题仍然是一个不可忽视的重要因素，范仲淹所举的“刘琨增坐啸”等典故，皆是其爱国之心的表现和有力佐证。

塞下曲（其二）

文彦博

朔漠凝寒久，穷荒气候赊。
冻云藏虎谷，残雪满龙沙。
地回胡风急，天高汉月斜。
何人动乡思，陇上听金笳。

盛唐边塞诗里的“朔漠”多与寒冷的气候、刀戈铁衣以及个人豪情联系在一起，而宋人言此多及乡思，这一点颇有中唐以来边塞诗的特点，李益的“不知何处吹芦管，一夜征人尽望乡”便将此事讲得明白清楚，而文彦博此诗似乎有些模仿的痕迹。中唐以来的边塞诗不像盛唐那样尚武，它有其自身的特点，这个特点就是现实。决定时代理想的往往是现实，北宋的现实决定了北宋的边塞诗人们创作中要有爱国主义书写，也要有“昔我往矣”的那种传统。

五原行

文同

云萧萧，草摇摇，风吹黄沙昏泬寥。
胡儿满窟卧寒日，卓旗系马人一疋。
夜来烽火连篝起，银鹘呼兵捷如鬼。
齐集弓刀上陇行，犬噪狐嗥绕空垒。
羌人钞暴为常事，见敌不争收若雨。
自高声势叙边功，岁岁年年皆一同。
将军玩寇五原上，朝廷不知但推赏。

边塞的环境恶劣，枯木萧条，漫天黄沙，而处于此般恶劣环境当中的将士们，却并没有尽到守卫边疆的职责，在战争中消极抗敌，玩忽职守，为了向朝廷邀功还隐瞒自身的作为，夸大功绩以此获得丰厚的赏赐。这首诗揭露了当朝为官者的贪污腐败，对不作为的官员进行讽刺抨击。诗人眼见若此，心中众多愤慨之情，表达了自己对朝廷黑暗腐败的深恶痛疾，对当时政治与国家安危的深切担忧。

闻种谔米脂川大捷

王珪

神兵十万忽乘秋，西碛妖氛一夕收。
匹马不嘶榆塞外，长城乍起玉关头。
君王别绘凌烟阁，将帅今轻定远侯。
莫道无人能报国，红旗行去取凉州。

爱国主义书写一直是边塞诗的重要传统，庆功祝捷亦是其中必不可少的酣畅之为。

王珪的这首诗不似唐朝诗人写作边塞诗的方式，他没有浓墨重彩地描写眼前的战争场景，而是借助战争发出心中的报国胸怀。北宋在与西夏的战争当中大多是以失败收场，面对西夏的攻击，北宋主要是处于守势，又加上边塞诸多敌军环绕，因此北宋的许多诗歌都较为伤感，流露出忧时伤国的爱国情怀。而描写战争胜利的，亦可在欢喜的情感当中得以体现诗人处于危机之下的存亡意识。

闻捷

苏轼

闻说官军取乞訚，
将军旗鼓捷如神。
故知无定河边柳，
得共中原雪絮春。

“无定河边柳”同于“中原雪絮春”，这首诗和上一首一样，在庆祝胜利这件事上，塞北和江南是没有多大差别的。此诗之高明在意于言外，重韵致。汴京陷落后宋廷偏安杭州，林升有“暖风熏得游人醉，直把杭州作汴州”，这就是“故知无定河边柳，得共中原雪絮春”的另一个方面。

麟州叹

郭祥正

边兵不觉西人至，麟州仓卒城门闭。
城中带甲仅防城，城外生灵任凋毙。

元戎底事不防秋，千里郊原战血流。
谩说知兵范仆射，未免君王西顾忧。

西夏军突袭，麟州城门仓皇而闭，城中军士稀少，仅仅能用来守城，却难以顾及城外百姓的生死。战场上血流成河，就连范仆射这样熟知兵事的人，也不能为君王解忧。战争给一个国家带来的损失是无法估量的，除了物质上的毁灭更多的是给百姓们精神上的伤害。这首诗中没有对战争场景进行具体的描写，而是侧面描写战士们在战斗中拼杀流淌的鲜血，弱小无辜的百姓以及不堪一击的国家，以表现战争带来的沉重伤害，表达了诗人对处于战争中百姓的同情之心，同时又表现了自己无能为力的痛苦之情。

闻角

韩琦

古堞连云暝霭收，呜呜清调起边楼。
雍琴垂泪虚情恨，羌笛残梅未胜愁。
数曲伴风吹戍垒，几番侵梦入宾邮。
听来便觉春心破，素发生多不待秋。

边上谣

无名氏

军中有一韩，西贼闻之心骨寒。
军中有一范，西贼闻之惊破胆。

延安宝塔山的摩崖石刻是这段历史的亲历者，它清楚地见证了“一韩一范，泰山北斗”这八个字和背后故事的发展过程。“礼失，求诸野”，边地的歌谣要比文人墨客的诗歌更有说服力，这种说服力在于，韩范已经从两个铁血将军变成了某种象征符号。这个符号里有百姓们的战争记忆，也有他们的集体愿望。

留题麟州

范仲淹

宣恩来到极西州，
城下羌山隔一流。
不见耕桑见烽火，
愿封丞相富人侯。

此为范仲淹佚诗，载《府谷县志·艺文志》。人言“一将功成万骨枯”，于范文正公这样一个当事者更是如此。常年战争的背后是深处灾祸的百姓。战乱导致黎民百姓常年不事农桑，这样一来百姓们的生计就成了一个迫切的问题。诗人“愿”的背后，是对百姓们的深切同情，也是对无能朝廷的深刻讽刺。

第二节　北宋陕北边塞诗的独特成就与历史地位

通过前文的研究可以发现宋代陕北边塞诗歌的创作能够取得令人瞩目的成绩，主要是以下几点原因。本节将从两个层面展开论述。

第一，就陕北边塞诗的创作群体而言。

创作北塞诗歌的是非常有见识和感触颇多的群体。从历史的纵向来看，在唐朝时期，唐政府鼓励学子学习，当时的学子们都非常意气风发，并且由于盛世的影响，很多学子不是以建功立业为目的而进行的诗歌创作，反而是以游历以及人生感悟为诗歌创作的主题。宋朝的情况则截然不同，宋朝虽然非常注重文学艺术，整体风尚也是非常注重文官的，但就宋朝的朝臣而言，主张战斗是会遭到朝廷的反对的，往往得到的结局是被贬或者疏远，从而得不到朝廷的重用。而在此背景之下，愿意投身陕北边塞防卫的人就相对较少，因此留存的关于陕北边塞的诗歌也就相对较少。但是往往留下的诗歌则是传世之作，这是因为在此背景下愿意身负陕北进行边塞人防等事情的朝臣属于少数，他们往往是高洁之士，在那样一个战乱的年代，更加注重国家大义，明白唇亡齿寒的道理。这种不计个人得失的英雄主义是非常值得嘉奖的，同时也是非常值得人们学习的，而这种英雄主义也是感染着每一个人的，因此这些人的诗歌创作往往是带有英雄色彩，笔下的陕北边塞也是他们所见所闻，而他们所写的诗歌往往更多地带有他们所属时代的背景，同时拥有他们个人的感悟。对于这样一群英雄而言，他们所处的背景创作了他们，同时他们的精神也创作了属于这个时代的陕北边塞诗，因此就创作群体而言，宋朝时期的陕北边塞诗群体是一群乱世忠臣，站的高度是更高的，能够体现国家大义的。

第二，就创作成就而言，宋代边塞诗不亚于唐代。

目前学术界比较流行的看法是，宋代的边塞诗是不如唐代的。笔者则认为需要从多个角度去看待宋朝的边塞诗与唐朝的边塞诗。虽然城市繁华，但是由于其特殊的历史原因，导致宋朝的军队是孱弱的，同时国家实行的政策也导致它的相对积弱，戍边的学子在戍守边关的时候常常是屡战屡败，因此对于这批学子而言，他们的诗歌里面就会带有战败的一些悲观色彩。

图5－1　陕北境内古长城遗址（李生程 摄）

魏泰在《东轩笔录》卷十一中写道："范文正公守边日，作《渔家傲》乐歌数阙，皆以'塞下秋来'为首句，颇述边镇之劳苦。欧阳公尝呼为穷塞主之词。欧阳修在晏殊席上作《晏太尉西园贺雪歌》有云：'须怜铁甲冷彻骨，四十余万屯边兵。'晏殊深为不满，对人说：'昔日韩愈亦能作诗词，每赴裴度会，但云园林穷胜事，钟鼓乐清时，却不曾如此作闹。'"[①] 事件虽是因作词而起，但从侧面可以看出，连当时最知名的朝臣大员晏殊、欧阳修等都对文学作品反映边塞之苦颇

① 郑家治：《古代诗歌史论》，巴蜀书社2003年版。

具微词，力图将此情结绝迹于正统的文学范式。不得不说，这与当时整个国家的民心风气、文人心理关系确大。整个外部的大环境改变了诗人们的生活和情思，虽烽烟迭起，号角常鸣，但他们对边塞的关心，却显得吝惜。但毕竟整个宋王朝的诗歌还没有完全脱离现实主义诗歌的范畴，仔细搜寻，各辈名家的诗作中亦有相当数量的陕北边塞诗歌，例如，张咏、苏舜钦等人，写出了一些脍炙人口的陕北边塞诗篇，尤其是张咏的《新秦遣怀》为边塞诗开了好头。但令人遗憾的是，张咏的边塞诗并不为人看重。待到徽、钦二帝被虏，享乐梦醒，塞下远去，只能以秦岭、淮河为边塞了，令人扼腕。

而随着时代的不断变化，人们对陕北边塞诗的理解也是不断地变化的。我们的国家由强大变成积贫积弱，再从积贫积弱到富强。这一过程不少人是有亲身经历的，没有亲身经历的人也是能够从陕北边塞诗中感受到的。就唐朝而言，当时的中国是相对强大的一个国家，因此它的陕北边塞诗是具有一种豪迈、壮阔情怀的。对于宋代而言，虽然宋代的经济水平发展得非常好，但是宋代的整个国防力量是非常薄弱的，因此宋代的陕北边塞诗是具有当时的政治色彩的，这种政治色彩也能够警醒现代的中国人国防是非常重要的。因此，宋代的陕北边塞诗是具有独特的历史地位的。

第六章　爱国主义视域下的宋代陕北边塞诗研究

第一节　宋代陕北边塞诗的时代背景及特色

1038年即北宋仁宗景祐五年，宋朝的藩属党项族政权首领李元昊宣布脱宋自立，自称为皇帝，并去宋封号，改元“天授礼法延祚”，建国号“大夏”，史称“西夏”。宋仁宗宝元二年（1039），西夏景宗李元昊派出使者通知宋廷，希望北宋朝廷承认党项自立的事实。当北宋朝中收到西夏的消息后，认为无论如何也不能接受这样的现实，因此绝大多数官员主张立即出兵征讨西夏。于是宋仁宗于当年六月下诏免去李元昊官爵，认定其为叛贼，向全国发出悬赏予以捉拿。从此，长达三年之久的宋夏战争全面爆发。宋夏战争期间双方在今榆林绥德、佳县和延安等地展开惨烈的厮杀，最终在三川口、好水川、定川寨三次决定性战役中，战争以北宋失败而告终。失败后宋朝虽言之再战，可内心却希望同西夏言和，而西夏虽然取胜但自身损失也极为巨大，最终通过谈判双方达成庆历和议，换取了边境长达半个世纪的和平。后在宋神宗、宋哲宗在位期间，双方又多次爆发战争，尤其以神宗在位期间冲突最为频繁。整个宋夏时期的对峙更是长达一百五十余年。因历时长、跨度大，宋夏战争给宋王朝造成深刻的影响，司马光就曾将与西夏的和战问题当作北宋的“四患”之首，而西夏也被宋人广泛认作少数民族政权中最有威胁的一个。同时残酷的战争也带来一系列的社会问题，百姓生活负担加剧，边关士气持续低下，等等。将这一巨大的民族矛盾说成北宋的心头之患也不为过，它确实深刻地影响到了北宋的整个局势。

严酷的民族冲突很快让宋人从相对安逸的生活中清醒过来，受“策论取士”的影响，宋代文人的政治地位得到提高，成为国家政治主体的士大夫们敏锐地捕捉到了国家存在的危机，表现出了明显的忧患意识。同时北宋时理学对“礼”的重建解读，使宋代文人普遍形成了崇尚高品格，重视个人、国家气节的性格。因此他们不单单坐而论道，谈论国家政治危机、社会生活疾苦，更是以积极主动的姿态参与国家事务之中，以期推动国家政治制度的改革，从而改变这种内忧外患的局面。忧患意识的不断沉淀，最终爆发出了前所未有的社会责任感和爱国情怀，大量文臣儒将走到了陕北边塞地区统军设防，积极同西夏作战。这些朝臣及其他幕僚在陕北边关作战期间不仅向宋廷上书了大量抵抗西夏进攻方略的奏折，同时根据他们在陕北同西夏作战的现实情况，以诗议事，以诗抒情，阐发着自己的感受与情志，最终写下大量有关陕北边事胜负、朝廷镇边得失、边塞风光人情的诗作。其中，司马光、范仲淹、苏轼、梅尧臣等历史名家都曾直接或间接地参与边事之中并有众多边塞题材作品留世。

宋代士大夫们身兼文人和政治家甚至将领的多重身份，在主动参政议政心态的驱动下，在作品中对于民族矛盾和社会弊端全方位展示，这也就成了北宋边塞诗的一大特色。同时北宋又是一个高度文人化的政治实体，它并没有过于集中地表现出汉唐时的那种尚武精神。因此，边塞诗歌的整体情感并不是激昂雄浑，渴望杀敌立功的。与唐代边塞诗做一简单比较，唐代边塞诗达到顶峰时正属于盛唐时期。此时百姓生活富足，国家殷实富强，每遇边疆纷争定能开疆拓土，使四方臣服。而且唐代统治者“重武轻文”，甚至有将能征善战的节度使招收朝中任为宰相的情况。在这样的背景下，唐代的边塞诗人们或者说整个唐代的读书人便希望通过征战立功来迅速实现自己仕途的目标。因此，他们便善于用边塞风情或者通过将士们的壮举来表达自己渴望建功立业，愿意以身许国的壮志豪情。

而宋太祖一直担心武将谋反，所以推崇“重文轻武”。因此同样是边塞诗体，描写边塞生活，抒发个人情感，北宋就有着明显的不同。北宋在与少数民族的对峙中长期处于下风，内有“三冗”之患，外有强敌之忧。数次关键作战的失败更使文人们对于国家的命运有着急切的担忧，所以诗歌中也缺少积极昂扬的基调，透露出的大多是压抑、悲惨、凄苦、无奈的情绪，令人唏嘘。如北宋诗人王操在《塞上》中写道：“边城吹暮角，久客自悲辛。”但宋代士阶层普遍将国家的利益放在首位作为自己的标准要求，虽受凄惨压抑的个人情绪及社会环境影响，但仍通过严谨、细致的描绘积极地表达着自己对百姓生活疾苦的关心，对国家前途命运的担忧以及那份不抱有任何功利思想的单纯的爱国热情。

第二节　宋代陕北边塞诗爱国情怀的具体体现

一、　爱国主义上升到美学高度

爱国主义是一面具有广泛号召力的旗帜，它除了具有政治、思想、伦理意义，还具有独特的美学价值。爱国主义美学是建立在“真”“善”“崇高”基础上的精神美，是人们千百年来巩固培养起来，通过世世代代的情感积累起来的，对自己祖国真挚而深厚的思想情感，对自己国家的成员、山河、历史文化强烈的爱。

地处陕北的延安、榆林一带是北宋与西夏的主战场，北宋崇文抑武，重内轻外，对外关系长期处于弱势地位。“文变染乎世情，兴废系乎时序”的时代精神决定文学主题，而宋夏战局作为影响北宋政治的主导因素之一，深刻影响着北宋文人士大夫的文学创作，北宋陕北边塞诗正体现出文学创作上民族互动、爱国主义美学的特点。于是出于个人对社会的责任感，爱国主义情怀下的忧患意识，文人士大夫关心国家安危，关心边疆战事，建功立业成为当时他们的主要理想，个人理想与国家命运紧密结合。

二、　打破历来边塞诗研究重唐轻宋倾向

历经多年研究，边塞诗这一领域已经相当深入、透彻，成果也颇丰硕，对一些基本问题学界已达成共识。然而对于边塞

诗歌的研究，学者们主要集中在唐和清两代。唐代的边塞诗歌创作成就最为璀璨，研究也最为全面深入，唐代以后，历朝历代名家评述也是汗牛充栋，而在宋代文学的整体研究中也大多以宋词为主，宋诗也有触及，但专门针对宋代边塞诗歌的研究无论是研究深入程度还是研究成果，与唐代边塞诗相比差距都较大。北宋陕北边塞诗有着强烈的忧患意识和爱国主题的弘扬，有着独特的艺术特征和审美情趣，值得我们深入研究。

三、 对边塞文化的认知

边塞文化研究对于学术界来说是一个既古老又新颖的课题。近些年来，边塞文化一词使用频率不断提高。我国的新疆、陕西、山西、内蒙古、宁夏等所辖的相关地方都在以各种形式积极打造边塞文化的品牌，以带动旅游业的发展，带动整个相对疲软的地方 GDP，使之成为新的经济增长点。但截至目前，学界对于边塞文化的理论探讨和研究成果所见极少。因此探讨边塞文化的科学内涵，研究边塞文化的基本特征，明晰边塞文化是通过哪些具体的文学艺术形式呈现出来的，无疑是开发和利用边塞文化资源需要解决的首要问题，是理论研究领域面临的重要研究任务。

我国关于边塞文化的理论研究主要集中在文学领域的边塞诗词方面，在过去，谈到边塞文化，人们往往以边塞诗词作为指代。所以我们的研究需要追本溯源，从最基本的边塞文学和其他艺术形式出发。无论是边塞诗词和其他艺术形式都是文化的一种载体，其本身负载有极其丰富的信息内容，是边塞文化的重要组成部分，一定程度上是边塞文化的浓缩和标志。

因为责任意识与爱国意识的激发，北宋士大夫们将自己的爱国情感运用写实的手法完整地表达在了自己所创作的边塞诗歌之中。在众多的诗篇中，按照内容划分，这份爱国情怀的具体展现大概可以分为如下几类。

（一）对战争胜利的讴歌以及个人对于建立功勋的渴望

因为陕北边疆地区战事紧迫，北宋又在对峙中长期处于守势，诗人们对此忧心忡忡，所以在北宋的边塞诗中讴歌胜利乃至歌功颂德的诗作相对较少。但也正因为战事长期不利，只要朝廷在边塞有所斩获就可以迅速成为诗人们讴歌祝贺的对象。如在宋元丰四年（1081）九月，时任宋鄜延路经略副使的种谔率领近十万士卒围攻米脂，在无定河畔斩杀敌兵六万余人，俘获骏马五千余匹。十月米脂西夏守将介之归降，当捷报传至京城，群臣纷纷称贺。

当时担任尚书左仆射门下侍郎的王珪就作有《闻种谔米脂川大捷》一诗，诗中写道，“神兵十万忽乘秋，西碛妖氛一夕收”，“莫道无人能报国，红旗行去取凉州”。从这两句可以看出王珪对种谔这场胜利的高度评价，其中“妖氛”是对西夏势力的蔑称。他认为种谔严厉地打击了西夏的嚣张气焰，使边地的“妖氛”一夜之间就消失不见。同时还认为种谔极大地鼓舞了战斗的士气，并且不存在无人能报国打仗的情况，在胜利的指引下宋军甚至能直接剿灭西夏的传统领地凉州。凉州就是现在甘肃、宁夏一带。虽然诗歌中的描述有所夸大，但从中也足以看出这场胜利为宋王朝带来了极大的自信和满足感。“唐宋八大家”之一的苏轼因为这场胜利也写下了《闻捷》，诗中赞叹因为种将军的胜利所以天南海北都能一同享受皇恩的温暖。由此可以看出只要胜利到来，北宋文人绝不会吝惜自己的笔墨，会大肆讴歌，并在讴歌中流露出对于边境作战取胜的强烈的自豪感和对国家能够日益强盛的殷切期盼。当然这种夸张的称赞也从侧面反映出，在北宋对西夏久战不胜的状况下士大夫文人们的紧张与忧患之感。

同时北宋士大夫作为封建王朝的高级知识分子自然有着比常人更高的觉悟和理想追求，虽然文人多以柔弱面示人，但在边塞诗中也会不自觉地流露出愿投笔从戎、杀敌立功的情绪。如北宋名臣寇準就在《出塞》中言之“我欲思投笔，期封定远侯”，北宋诗人苏舜钦也在《吾闻》中写出“昼卧书册中，梦过玉关北”的诗句，诗人用直白的语句描写出自己对于从军报国的渴望。还有祖无择在《夏州叛》里写道：“舜后舞干期振旅，汉臣投笔待封侯。”这里面运用班超投笔从戎的典故表露出自己对建立功勋的渴望。这些诗作都表达了作者本人愿意去疆场杀敌报国的志向。但文人对于这份情绪的表达不局限于对自己的要求，还会拓展到希望自己的友人也能有所建树。宋代梅询曾作《送夏子乔招讨西夏》，诗中赞扬夏子乔有运筹帷幄的能力，鼓励他能够像古代名将周亚夫、韩信那样克敌制胜而凯旋，并作为有功之臣将自己的画像悬于麒麟阁上。但是宋代文人对于建功立业的理解更多的是建立在为国解难、讨伐叛贼的情感价值观上，而非只为了前途光明，晋升顺畅。同时也不具有唐代边塞诗“男儿自横行”的高亢激昂，有的只是儒家士大夫们的强烈责任意识与报国意识。

（二）对宋朝边防体系的批判

北宋时期采取“内实外虚”的防守体系，以最有战斗力的禁军拱卫京师，在边境之处多布置战斗力相对低下的厢军。此外对于各少数民族政权，北宋“重辽轻夏”，对西夏长期采取一种消极的防御态势，在陕西四路——秦凤路、泾原路、环庆路、鄜延路各处修建了大量的堡垒以御来敌。而此时北宋文人受理学影响，其文学作品大都具有强烈的说教意味，又因诗歌本身就具有的“兴观群怨”的批判特点，因此文人们对于国家不能克敌制胜，反而被动防守的做法极为不满，随即对整个边防体系展开了强烈的批判。

首当其冲的自然是对军队领导阶层的批判，北宋画家文同作《五原行》写道：“羌人钞暴为常事，见敌不争收若雨。自高声势叙边功，岁岁年年皆一同。将军玩寇五原上。朝廷不知但推赏。”这几句诗形象地刻画出了北宋守军面对西夏来犯时消极对抗的状态，守备军官明明在边塞地区玩忽职守却年年如一地向朝廷上报自己在边疆的战功，最为可笑的是朝廷高层从未想过核实真实情况而是不断地向这些假的战功推恩赏赐。寥寥数语将贪腐至深的边塞实况刻画得淋漓尽致。还有对士卒久疏战阵，装备破败缺乏保养，士气低沉，战斗不积极等客观现象的真实书写，如范雍在《纪西夏事》中写道：“承平废边事，备预久已亡。万卒不知战，两城皆复隍。轻敌谓小丑，视地固大荒。愿因狂狡叛，从此葺边防。”这是说安逸平稳的时间太久，边防废弛，士卒战斗力低下，导致庆州、延州两城遭到西夏的围攻，建议朝廷抓紧加固边防。梅尧臣在《兵》中写道：“太平无战阵，汉卒久生骄。金甲不曾擐，犀弓应自调。”直接揭露出边防士卒训练水平低下，武器装备破损严重的恶劣情况。还有陶弼在《兵器》中对宋朝边防的描写更加让人触目惊心，如“阳关久夜开，枢朽不可闭”是说宋朝的边关长期开放，开放到城门都腐朽得无法关上。后面还写到士兵们在作战前仓皇地修筑边垒，还没有开战力气已经用尽，紧急将兵库打开却发现武器已经生锈无法正常使用，老兵或者老军官已经年迈无法正常作战，年轻的军官却从小养尊处优且没有实际本领，这些人自己都需要别人来保护，又怎么上阵指挥打仗呢？

在对边防废弛的痛斥与思考下，文人们将戍边不力的矛头向更根源的地方指去。如仁宗天圣八年（1030）的进士石介就在其诗《西北》中写道：“堂上守章句，将军弄娉婷。不知思此否，使人堪涕零。”西夏与辽正在不断地侵略宋朝，皇帝却对西夏和辽多年没有征讨，非但如此，宋廷中的官员们还只顾着饮酒赋诗，歌舞取乐，让人看到后伤心流泪，表达着作者对国家现实的极度失望。

就北宋边防实际而言并非完全像诗歌中所写的那样不堪，如宋神宗在位期间就曾召集五路大军讨伐西夏，种谔在绥德一带大败西夏之敌。但这些诗歌在一种“爱之深责之切”的情感下，一方面，对边防确实存在的一些问题展开了残酷有力的揭露，表露出对于国家统治者治敌不力、治军无方的失望与无奈；另一方面，究其深层次原因，其实是在一种较为夸张的描写中透露着作者们对于国家防守态势被动、统治阶层贪图享乐的担忧，同时表达了他们希望朝廷能够迅速加强西北边防，端正治国态度，早日取得胜利的心境。

（三）对戍边将士生活、战斗的真实书写

在与西夏对峙的一百五十余年，为了维持庞大的军事防线，北宋征用了大量的兵员，派遣至与西夏对抗的第一线。这些士兵大多远离家乡，不可避免地会产生对家乡亲人的思念，又加之生活在残酷的战争环境与凄苦的边关环境中，戍边的将士们身心都受到了巨大的压力。有部分体会过边塞之苦的文人便理所当然地将这种凄苦之感描写到自己的作品中，通过艰苦生活和思乡之情的反衬来突出自己深知戍边责任重大以及对朝廷治边不力的委婉批评。如范仲淹的《渔家傲·秋思》："塞下秋来风景异，衡阳雁去无留意。四面边声连角起，千嶂里，长烟落日孤城闭。浊酒一杯家万里，燕然未勒归无计。羌管悠悠霜满地，人不寐，将军白发征夫泪。"这虽是一首词但其表达的情感与边塞诗作却是共通的，这首词作于北宋与西夏战争对峙时期，当时范仲淹被朝廷任为陕西经略副使，身处战争一线，肩负着防卫北宋西北边疆的重任。这首边塞词表面是描写戍边将士的凄苦生活以及讴歌他们的英雄气概，实则直指宋朝重内轻外制度的弊端，流露出作者的不满。词中爱国的激情、浓重的乡思，兼有包括，构成了将军与征夫思乡却又渴望建功立业的复杂而又矛盾的情绪。

还有通过对战争惨烈的刻画，描写士卒因作战失败而表现出的种种乱象。如苏舜钦在《庆州败》中写道："一麾发伏雁行出，山下掩截成重围。我军免胄乞死所，承制面缚交涕洟。逡巡下令艺者全，争献小技歌且吹。其余劓馘放之去，东走矢液皆淋漓。"西夏军队将宋军包围，解除了宋军的武装，投降了的宋军摘掉头盔护甲，流着眼泪听从西夏人的安排。夏军来

回巡查，说投降的宋军有技艺者可以保全性命，于是宋军士兵就争相献出技艺，又是吹又是跳，乞求夏军保命。没有技艺的人都被割掉鼻子耳朵，吓得屎尿都从裤子中流出来。作者用写实的手法写出庆州失败后的种种乱象，既表达了对降敌献艺者的讽刺和对宋军不堪一击的悲愤，也表现出士卒们被割耳鼻的惨状。最后还写出了自己对庆州失败原因的看法："守者沮气陷者苦，尽由主将之所为。地机不见欲侥胜，羞辱中国堪伤悲。"认为这都是主将不知就里，指挥失误，羞辱了国家的脸面，造成巨大的损失，让人伤感。作者表面描写作战失败的表现和原因，实际是透过这次失败挖掘国家统治的漏洞，表现出了作者强烈的国家荣誉感。

梅尧臣的《故原有战卒死而复苏来说当时事》也描写到了战争的惨烈。诗中描述的是一位死里逃生的士卒所见到的千军万马厮杀过后遍地尸首的惨烈景象，在这幅与西夏交战激越悲壮的画面中，作者谴责统治者御敌不力的无能，表达对将士壮举的惊叹以及自己深沉的忧患意识。

（四）反映战争给百姓带来了严重的灾难

战争的本质是残酷的，正所谓"兴，百姓苦；亡，百姓苦"。在宋夏对峙的一百五十余年间战争对老百姓造成的巨大伤害是无法估量的。北宋文人们焦急地看着这一切，设身处地地思考着百姓的处境，从而也将自己的这些思考写到自己的诗作中。这些诗歌中有对百姓生产生活的描述。战争的持续导致人民负担加重，生活水平急剧下降，土地大量荒芜。范仲淹在《留题麟州》中写道："宣恩来到极西州，城下羌山隔一流。不见耕桑见烽火，愿封丞相富人侯。"作者被派到麟州宣达皇帝的恩旨，麟州就是现今的榆林市神木市，这里与西夏只隔着一条窟野河。在这里只看到一片烽火的景象，却没有人耕田织布，从而作者希望自己能够成为一个以百姓生计为重的“富人侯”。鲁交在《经战地》中写道：“西边用兵地，黯惨无人耕。”西边就是指今天陕西、宁夏、甘肃部分地区。这两句是说西北边境之地连年征战，导致田园荒芜，百姓生活惨淡，透露着作者对于这种状况的焦灼和对战争的控诉。蔡襄在送友人走马上任的一首诗《送许寺丞知古田县》中对宋夏战争给人民带来的种种灾难展开了全面的描写，写到国家除了向百姓征收平时的赋税外，还要索取刀、弓、甲胄等。当边防急需时，牛筋、牛羊皮、羊毛、翎毛等也要向百姓索要。为了上交皮革，农民将耕牛都宰杀掉。但杀了耕牛触犯了禁令，不杀耕牛缴纳皮筋又会遭到官吏的鞭打。战争对百姓生活带来的严重影响可见一斑。最后作者写到“姑能务均一，瘵瘼庶苏痛”是希望他的友人许寺丞能够在力所能及的范围内减少百姓的压力和痛苦。

同时也有对百姓悲惨遭遇的描写。在宋夏战争时期国家大规模招募乡兵，一时间乡村中骨肉分离，处处是悲怆伤感的气氛。王令在《何处难忘酒·其八》中写道：“何处难忘酒，欃枪世不平。孤儿未胜甲，孀母送为兵。气绝心肝裂，号穷血泪横。此时无一盏，何以活余生。”其中说孤儿小到连铠甲都穿不起，但因为官府的逼迫寡妇母亲只能将这仅有的一个儿子送去当兵。在送子当兵时母亲号啕大哭，最后作者感叹这位失去家属的“孀母”剩下的日子可怎么过啊。梅尧臣作有《汝坟贫女》，“汝坟”是指河南汝河边。这首诗是说河南一个女子家中已经没有壮丁可征，但郡吏仍催促着让出壮丁，最后她的老父亲拄着拐杖去充兵。“嘱四邻”可以看出贫女非常担心父亲的健康，嘱咐四邻同去当兵的人照顾她的父亲。但她的父亲最终还是在寒雨中冻死在壤河镇上无处安葬。面对这样的艰难时局百姓们却只能捂着胸口问上天，自己的生死走向到底是怎么样。

作者出于对国家的负责，用极度写实的手法描绘出了当时社会的种种惨状，描写了一幕幕的战争惨象，表达着自己对于底层人民生活艰难的深切同情，更希望引起朝廷对民间疾苦的关注，减轻百姓的负担，让百姓安居乐业，让国家长治久安。

第三节　宋代陕北边塞诗爱国情怀艺术特征及现实意义

有宋一代，陕北的延安、榆林等地区一直就是北宋王朝与西夏国的主战场，由于制度、军事实力等诸多因素，北宋在对西夏的战争中一直处于弱势地位。这个现实决定了北宋陕北边塞诗的一些特质，相比于唐人边塞诗里的功名意气，北宋边塞诗更加地注重国家之危亡，其悲壮的诗风凸显了一种集体的忧患意识。焦循讲“一代有一代之所胜”，北宋边塞诗之胜就在其深重的忧患意识和家国理想，其“胜”在于反映了“时运交移，质文代变”的文学创作、发展的规律。就情感表达来看，因为战争、时局等多方面的影响，多是悲愤、感伤以及对时政的批判讽刺，其中有爱国主题的多角度、多方位表达，也有“为生民立命”的朴素文人意识。

爱国主义是北宋陕北边塞诗的重要主题，这个主题的重要既来源于诗人们面对的现实，也来源于中唐以降中国社会的某些变化。用整体的美学风格来说，中唐以降的中国古典诗歌更趋向于“优美”，这种优美的背后是整个大唐王朝的凋零和消亡。而恰好北宋边塞诗也面对着这样一个现实性问题，即对外战争的失利，这种失利甚至关系到了整个北宋王朝的安危。在这样的现实面前，爱国主义必须要被提出来，并且放在一个重要的位置，这于国家、于个人、于诗歌都是大有好处的。从这个角度上讲，北宋边塞诗的悲壮是一种集体的感伤。再者，“古文运动”到了北宋边塞诗的年代里还未完成，但其一以贯之的“载道”对北宋边塞诗大有影响，其所载之道就是现实。

在题材方面来看，北宋边塞诗题材广泛、内容丰富，作为当时主战场的陕北，这里的将军们既能上马横槊，也可下马赋诗，范雍、范仲淹、韩琦等皆是如此。

在整体的创作上，北宋边塞诗有如下的特点。

首先，创作群体集中，多为在边地掌军任职的文人，大部分都曾于陕北居住，或到过陕北。韩琦、范仲淹等人均于此任职，对抗西夏军队。

在创作题材上较为广泛，既反映战争、描绘风物、览古思幽，还揭露现实，针砭时弊，也不乏行吟游宴、应唱答和。其中也有应和游赏之作，比如范仲淹的《依韵和延安庞龙图柳湖》《清凉山漫兴四首》，司马光的《奉和经略庞龙图延州南城八咏》《游延安宿马太博东馆》，等等。

在思想情感的表达上趋近统一，以爱国主义和忧患意识为核心，但也有揭露现实，针砭时弊的作品。因宋夏战争失利的影响，北宋边塞诗人们有一种集体的感伤主义倾向，这种感伤主义与当时的现实和中唐以来中国古典美学审美思想的转变有重要关系。

在美学品格上，沉雄悲壮又不失豪气，也有文人之独特意趣。在文彦博《忆红楼》一诗中，诗人回忆昔年戍边往事，有“持斧按边州”的英武豪迈，也有“闲上高城、题诗红楼”的文人意趣。这是由于战争所带给诗人们的双重身份决定的，他们首先是交战的一方，其次才是诗人。但是诗人的身份也决定了他们的视角，要有基于生命的悲悯，也要有爱国、志向等多个方面。

相比于盛唐边塞诗，北宋边塞诗更注重集体主义和理性，少了个人意气的流露，多了对现实的认识和思考。

曾有学者认为，真正意义上中华民族的爱国主义精神应该是在鸦片战争之后所集中反映的。因为在鸦片战争之前的战争冲突更像是兄弟之间的“打架”，远谈不上压迫与反压迫、侵略与反侵略，也就构不成真正的爱国主义。对于这一说法学界并没有达成共识，但可以肯定的是爱国情感是中华民族几千年来所沉淀的对我们伟大祖国的一种热烈、深沉的情感价值，无论汉民族与各少数民族怎样融合交流，也只是为其增添不同的时代特色，并不能抹杀它的存在及其积极意义。

北宋陕北地区边塞诗中所表达出的爱国情怀对当下仍有着非凡的现实意义。首先，宋代陕北边塞诗的爱国情怀的表达是建立在强烈的责任意识与忧患意识的基础之上。北宋在与西夏的作战中一败再败，最后竟达成了提供岁币的屈辱和议。种种有辱国家尊严的行为，不仅加重着百姓的负担，更使社会各类矛盾激发。这自然不能令宋朝士大夫们感到满意，可面对既定事实他们又显得无能为力。但出于士大夫“以天下为己任”的责任感，他们并没有放任社会流毒于不顾，而是本着“进亦忧，退亦忧”的态度，持续有力地关注着社会与政治局势，并身体力行地做着自己力所能及的改变。反观当下，虽然目前我们并没有遇到危及国家安全的外来侵略，但为了进一步推进富强民主的国家建设，我们已经进入了全面深化改革的深水区。在深水区的改革中，触动既得利益者的蛋糕是在所难免的，这就会使改革遇到阻力，甚至会因改革而带来一定的社会矛盾。如今科学文化教育不断普及，知识阶层所占社会人口的比例比宋朝要高得多，所以宣传发扬北宋边塞诗中的责任意识、忧患意识，有助于知识阶层明确自己的责任，积极为国家出谋划策，引导正确的社会舆论，努力创造良好的改革环境。

其次，宋代边塞诗中有着强烈的反对祖国分裂、期望祖国一统的情感与愿景。党项族最初是宋朝的藩属，为此宋太祖还允诺党项贵族世袭领地。但太平兴国八年至景德元年党项叛宋，雄踞西北，李元昊更是建立西夏与北宋对峙。北宋群臣激愤，迅速出兵，希望收复西北，打压党项政权，维护正统。在北宋末年，因金、元政权的打击，北宋最终丢掉了北方的大片土地，但北宋渴望祖国统一的精神却得到了延续，并被陆游、辛弃疾等推向了高潮，他们虽身处南宋偏安之地，但毕生都在希望南宋政权能挥师北上收复失地，再一次统一中原大地。如今祖国尚未完全统一，历史又交给了我们实现中华民族伟大复兴的重任，可谓“路漫漫其修远兮”。同时现代社会思想日趋多元化，在对外交流中外来文化的精华、糟粕都不同程度地涌进了当代青年的大脑中。因此大力发扬北宋边塞诗中的爱国精神顺应了当下的时代要求，可以进一步端正青少年的思想价值观，为祖国和平统一发展奠定思想基础，还能增强各民族、各地域同胞的民族认同感，使全体国人坚定信念，矢志不渝地为祖国统一、民族复兴做出自己的贡献。

宋代陕北边塞诗所体现出的爱国主义美学品格，北宋文人士大夫的精神品格恰恰和我们今天的核心价值观是相通的。习近平总书记在2014年文艺工作座谈会上讲道："文艺是时代前进的号角，最能代表一个时代的风貌，最能引领一个时代的风气。""爱国"是社会主义核心价值观的关键一环，正如习近平总书记所讲："文艺在培育和弘扬社会主义核心价值观方面具有独特作用，核心价值观是一个民族赖以维系的精神纽带，是一个国家共同的思想道德基础。"

就文学而言，草原文化和农耕文化的冲突融合本质是中原农耕文化胡化和边塞文学华化的过程，在胡化和华化的双向作用下，开辟了中国文学新的轨迹和风气。对陕北边塞诗词来讲，经过收集整理，部分诗词填补了史籍不载的空白，对弘扬陕北文化和提升人们的文学品位、艺术鉴赏能力、文化素养，无疑起到了积极作用。

陕北边塞文学艺术是汉族与中国古代北方犬戎、匈奴、鲜卑、羌、突厥、党项、契丹、女真、蒙古等各民族长期交往，相互作用的结果，它们共同推动了边塞地区历史发展和文明进步。

边塞诗歌反映了边塞地区各民族在民族迁徙、杂居相处、长期交往、矛盾斗争过程中，以不同的生存方式、风俗习惯、文化心理等相互影响、相互渗透和相互融合的过程。对于促进民族团结、平等、和睦相处有重大的现实意义和理论研究价值。

最后，我们要认识到中国传统文化也是精华与糟粕共存的，而北宋边塞诗自然也不能走出这一时代局限。比如北宋边塞诗在表达爱国情感时，一方面不断地流露出对于少数民族的蔑视，表现出了一种狭隘的民族情绪；另一方面又在极力地渲染宣传忠君思想，这都与当下的爱国内涵所不符。因此，当我们用今人的眼光再一次审视这些作品时应该明确的是，对于诗中有利于社会时代发展的部分我们应当挖掘弘扬，但也应该恰当地指出它所具有的局限性。

附录一　宋夏战争汇总

北宋建立后，陕北成为防御西北党项羌的军事要地。宋夏战争是持续时间最长的战争，主要分为四个阶段。

第一阶段：	983—1006 年	宋夏战争时期
	1007—1037 年	宋夏休战时期
第二阶段：	1038—1044 年	宋夏战争时期
	1044—1064 年	宋夏休战时期
第三阶段：	1064—1072 年	宋夏战争时期
	1072—1081 年	宋夏休战时期
第四阶段：	1082—1098 年	宋夏战争时期
	1099—1103 年	宋夏暂时休战
	1104—1119 年	宋夏战争结束

一、第一阶段：983—1006 年 宋夏战争时期，1007—1037 年宋夏休战时期

这一时期，陕北是宋夏战争的冲突重点。主要发生的战争如下：

作战日期	作战地点	参战双方	战况分析	参战人员
983 年	葭芦口、夏州三岔口	平夏部首领“李继迁”和宋军	李败宋胜	
984 年	地斤泽	宋军袭李军	宋俘李妻子、母亲于延州	
985 年	银州	李袭	李败，后被贬附辽	
991 年	银州、绥州	李占银、绥二州	宋授李银州观察史	
994 年	夏州	宋攻李	夏州毁，擒李	
997 年	夏州	党项羌、宋军	真宗赵恒继位，党项羌夺回五州之地	
1006 年	李继迁长子李德明继位，宋封定难军节度使、平西王			
1007—1037 年	宋与党项羌和平相处，互市贸易			

二、第二阶段：1038—1044 年宋夏战争时期，1044—1064 年宋夏休战时期

1036 年，党项领土扩张（东尽黄河，西界玉门，南接萧关，北控大漠，地方万余里，倚贺兰山以为固），陕北西部地区为夏所辖范围，延州是陕北重要关塞。

1038 年，李元昊称帝，宋任夏竦、范雍等抗御西夏，种世衡统领清涧城。

作战日期	作战地点	参战双方	战况分析	参战人员
1039 年	保安军(今志丹)承平寨（今延川永坪）	西夏军、宋军	宋军大败西夏军	狄青、许怀德
1040 年	延州、三川口、塞门寨、金明寨	李元昊所领西夏军，范仲淹、韩琦领宋军	西夏军取延州，宋军惨败	范仲淹、韩琦、庞籍、狄青

续表

作战日期	作战地点	参战双方	战况分析	参战人员
1041 年	好水川(今宁夏)	西夏军、宋军	西夏军大败宋军	韩琦贬秦州、范仲淹降耀州
1042 年	潘原	范仲淹领宋军抗击西夏军	西夏军追回夏境	范仲淹、韩琦、王沿、庞籍
1043 年	延州	宋夏协商议和		
1044 年	延州、夏州	庆历和议	西夏对宋称臣、互市贸易	
1044—1064 年	宋夏休战期间，互市贸易，相对和平			

三、第三阶段：1064—1072 年宋夏战争时期，1072—1081 年宋夏休战时期

北宋治平元年（1064）宋仁宗死，英宗即位。西夏李谅祚（1048 年即位），派使臣吴宗入朝致贺。朝贺变交恶，宋夏战争的第三个阶段由此开始。这一阶段西夏的攻势集中于陕西诸路的西线，据点修筑，宋夏双方以抢筑与平毁、掩护筑城与骚扰筑城的方式不断发生冲突。

作战日期	作战地点	参战双方	战况分析	参战人员
1065 年	庆州王官城、德顺军（今甘肃静宁县）盐州(今定边县)宥州、庆州、荔原堡、大顺城	西夏军、宋军	李谅祚在大顺城中箭负伤而逃，西夏军多以失败告终	范仲淹、韩琦、种氏（种世衡、种谔）、折氏
1067 年	绥州之战	西夏军，种谔领宋军	宋朝赢得了自宋夏开战以来的一次空前的胜利	种谔

续表

作战日期	作战地点	参战双方	战况分析	参战人员
1069 年	绥德城	西夏军、宋军	宋军击退西夏军	
1069 年	秦州、刘沟堡、环庆	西夏军、宋军	宋军多次失利，西夏军未能收复控制子午岭	
1070 年	“熙宁变法”，王安石自请行边，以韩绛为陕西宣抚使，全面支持抗夏军事及陕西诸路政事			
1071 年	无定河畔抚宁故县北崖上筑啰兀城(今米脂县北)	西夏军、宋军搞“筑城战”	西夏筑城，而宋军反筑城。 宋军击败夏都枢密使哆腊，进占啰兀城	种谔
1072 年	绥州	宋夏和谈	西夏被迫承认绥州归宋暂落帷幕，但中途间隙仍有战争发生	
1080 年	7 月：米脂。 10 月：德靖寨(今志丹旦八镇城台村)。 11 月：细浮图(今绥德境内)、吴堡、义合、塞门寨（今安塞区镰刀湾乡）	宋军进攻西夏	西夏军失败	沈括、种谔
1072—1081 年	以熙宁五年（1072）的绥州划界开始的宋夏战争第三个间歇期，仅为短暂的 9 年			

四、第四阶段：1082—1098 年宋夏战争时期，1099—1103 年宋夏暂时休战，1104—1119 年宋夏战争结束

短暂的休战之后，西夏与宋之间的政局发生了变化。这一时期，西夏国内政局动荡，汉化与藩化、皇族与后族的斗争以及贵族间的内讧连续不断，而宋朝则恰处在熙宁变法的高潮期，出现了某些新气象，因此边防形势也向有利于宋朝的方向发展。经过变法实力有所增强的宋朝打败了亲西夏的吐蕃势力，取得“断西夏右臂”的熙河之捷，从东南两面形成了对西夏的弧形包围。

作战日期	作战地点	参战双方	战况分析	参战人员
1082 年	3 月：金汤堡（今志丹县金鼎乡金汤村）、葭芦寨。 5 月：筑永乐城（今米脂县龙镇马湖峪村）	西夏军、宋军	宋军攻克金汤堡、葭芦堡。 西夏攻陷永乐城（宋军伤亡惨重，20 万人死伤）	沈括（降职为均州团练副使，结束了在延州的戎马生涯）（以“石油”题诗）
1096 年	鄜延（今富县、延安一带）	西夏攻宋	西夏直逼延州、攻破金明	西夏崇宗率 50 万入侵鄜延
1098 年	平夏城	宋反击西夏	宋大败于西夏	宋哲宗
1099—1103 年	宋夏暂时休战			
1104 年	平夏城	西夏攻陷平夏城		
1105 年	永乐城	宋军收复永乐城		
1105 年	宋军宦官童贯掌永兴、府延、欢庆、泾原、河西等西北全部兵权			
1119 年	西夏遣使纳款，宋夏战争结束			

附录二　北宋古今地名汇总

①夏州：在今陕西省靖边县红墩界镇白城子村。夏州是晋朝时期陕西省的白城子村的古地名，至元朝初废止。夏州是西夏政权的发祥地之一。

②京兆：今陕西西安。

③华州：今陕西华县。

④耀州：今陕西耀州区。

⑤醴州：今陕西乾县。

⑥同州：今陕西大荔。

⑦邠州：今陕西彬县。

⑧泾州：今甘肃泾川，辖及今陕西长武县境。

⑨商州：今陕西省商洛市直辖区的建制。

⑩坊州：今陕西省黄陵市。

⑪丹州：今陕西宜川。

⑫盐州：今榆林定边县。

⑬延州：今陕西省延安市。著名的“延州之战”，宋宝元元年（1038），西夏王元昊称帝，国号大夏，要求宋予以承认。宋不允，并下令捕杀元昊，宋夏矛盾激化。次年，元昊率大军攻宋延州（今陕西延安）。延州是宋边防要地，北面门户

金明寨地形险要，周围有36寨依托，易守难攻，由李士彬率10万藩兵驻守。元昊发兵前派人至延州请和，宋安抚使范雍轻信，放松戒备，夏军乘机从土门（今陕西安塞西北）突入，又以声东击西之计，明攻保安（今陕西志丹），暗袭金明寨，以重金收买守将，里应外合，擒李士彬，直逼延州。在夏军进军时，范雍命刘平、石元孙等率军援土门，因西夏军进展神速，刘平等刚到土门又接回援延州之命，遂引军经保安、万安镇（今志丹东南）趋延州。元昊侦知，于三川口（今延安西北）设伏。刘平回援途中与黄德和部会合，结阵东进，至三川口遭夏军围攻，居于阵后的黄德和率部先逃，宋军大溃，刘平、石元孙被俘。夏攻延州7日不克，适逢大雪，天寒地冻，被迫还师。这就是历史上著名的以诈突袭据险设伏的延州之战。

⑭绥州：今陕西绥德县。西魏置，治所在上县（今陕西绥德县）。隋大业初改为雕阳郡。唐武德三年复置绥州，移治丰林县（今延安市东北），七年移治魏平县（今陕西子长县东南）。贞观二年复移上县，天宝元年改为上郡，乾元元年复为绥州。

⑮宥州：辖境约今内蒙古自治区鄂托克前旗、鄂托克旗。唐开元二十六年（738）迁还河南、江淮诸州胡户于兰池都督府地置，取“宽宥”为名。治延恩县（今内蒙古自治区鄂托克前旗东敖勒召其古城）。

⑯灵州：故址在今宁夏吴忠市境内灵武县西南。西汉惠帝四年（前191）置灵州县，属北地郡。

⑰麟州：今陕西省神木市。据史料记载，陕西省北部麟州城，古为麟州治。

⑱丰州：今内蒙古准格尔旗与陕西府谷县交界处。

⑲银州：榆林市米脂县、佳县一带的古称。唐代银州，治所在隋雕阴郡之儒林县，贞观二年平定梁师都后置为银州，唐玄宗时期又一度改称银川郡。银州管儒林、抚宁、真乡、开光等四县及德州。

⑳府州城：位于陕西省榆林市府谷镇东部，陕北著名的古代军事要塞，历史上曾为宋、辽、西夏、金的鏖战之地。

㉑会州：州名，北宋时会州辖境相当今靖远、定西、会宁等县（在今甘肃省靖远县附近）。

㉒静州：《宋史·夏国传》中记载的："静州唐末即曾属拓跋思恭，至咸平四年（1001）属西夏。"在今宁夏永宁县境内。

㉓沙州：今甘肃敦煌。

㉔怀远镇（兴州）：今宁夏银川，后改为兴州。

㉕肃州：今甘肃酒泉、嘉峪关一带。

㉖渭州：今甘肃平凉。

㉗原州：今甘肃镇原（隶属于甘肃省庆阳市）。天宝元年（742）为平凉郡治，乾元元年（758）复为原州治。

㉘庆州：今甘肃省庆阳市附近。

㉙秦州：今甘肃省天水市。

㉚环州：今甘肃省庆阳市环县，据当地志书记载的"因环江流绕城西委曲环抱"而得名。

㉛岚州：今山西岚县。

㉜岢岚军：今山西岢岚县。

㉝凉州：今甘肃武威。

㉞瓜州：a. 治所在今甘肃省瓜州县东；b. 古地名，故址

在甘肃省敦煌市。

㉟镇戎军：今宁夏固原一带。宋至道三年（997）置军。治所在今固原。辖境相当于今宁夏固原一带。金大定中升为州，蒙古改名原州。

㊱德顺军：今甘肃静宁县。

㊲羊隆城：今宁夏固原西南部。

㊳刘燔堡：今宁夏隆德。

㊴彭阳城：今宁夏固原东南部。

㊵定川寨：今宁夏固原西北部。

㊶木波镇：今甘肃省庆阳市环县木钵乡。

㊷王亭镇：今陕西省榆林市横山区西。

㊸安塞堡：今延安市安塞区。

㊹古骨龙：今青海省海东市乐都区北。

㊺地斤泽：今内蒙古伊金霍洛旗西南。

㊻黄羊平：今内蒙古乌审旗西北。

㊼葭芦川：今佳县境内。

㊽安庆泽：今内蒙古乌审旗西。

㊾夏州边外的平夏：今陕西省榆林市横山区北长城外。

㊿浦洛河：今宁夏灵武县南。

51乌白池：今定边与宁夏盐池间。

52石州：今陕西省榆林市横山区境内。

53盐州：今定边县境内。

54弥陀洞：今榆林县东南。

55金汤城：今吴起县金汤。

56塞门寨：今延安市安塞区北。

㊼永平寨：今延川县永坪镇。
㊽荔原堡、大顺城：今志丹县与甘肃华池边界一带。
㊾安远：今甘肃通渭县东。
㊿啰兀城：今米脂县北。
61开光岭：今佳县、神木间。
62明堂川：今榆溪河。
63永乐城：今米脂县西北马湖峪。
64振武：今内蒙古林格尔县。
65横阳川：今神木市黄羊河。
66河川：今府谷县孤山川。
67麟州万户谷：今神木万镇。
68松花镇：今神木市花石崖。
69合河关：今山西兴县西。
70中堠寨：今神木市东北。
71杜胡川：今秃尾河。
72三角川：今佳县西北。
73安疆：今甘肃庆阳市西北。
74镇戎军、东关堡、德靖寨、龛谷寨：今甘肃兰州附近。
75顺宁：今志丹县西北。
76招安寨：今安塞区西。
77黑水：今子洲县境内。
78安定：今子长县境内。
79龙安：今安塞区北。
80平夏城：今甘肃镇原县西。
81臧底河城：今志丹县北。

附：

一、五代时期的陕北

陕北先后设有十二州四十县：延州（9县）、丹州（4县）、坊州（3县）、绥州（5县）、鄜州（5县）、银州（4县）、夏州（3县）、麟州（3县）、府州（1县）、宥州（1县）、庆州（1县）、盐州（1县）。

延州：肤施、丰林、临真、延长、门山、延川、延水、金明、青敷政。

丹州：义川、云岩、汾川、咸宁（后周撤销）。

坊州：中部、宜君、升平。

绥州：龙泉、绥德、延福、城平、大斌。

鄜州：洛交、三川、直罗、甘泉、洛川。

银州：儒林、真乡、开光、抚宁。

夏州：朔方、德静、宁朔。

麟州（后汉时归北汉）：新秦、连谷、银城。

府州：府谷（后周时归北汉）。

宥州：长泽。

庆州：洛源。

盐州：五原。

二、北宋时期，陕北为宋、夏领地

1. 永兴军路：三州、三军和一府

三州：坊州［中部、宜君］；鄜州［洛交（今富县）、直罗（今富县西）、洛川（今洛川东北）、鄜城（今洛川县东南）］；丹州［宜川］。

三军：定边军（今定边）；保安军（今志丹）；绥德军

（今绥德）。

一府：延安府［肤施（今延安宝塔区）、临真（延安东南）、甘泉、敷政（今延安东南）、延长、延川、门山（延长县东南）］。

2. 河东路：麟州、府州

麟州：新秦（今神木北）、银城（神木南）、连谷（神木北）。

府州：府谷县。

三、西夏：嘉宁军司、祥祐军司、左厢神勇军司

1. 嘉宁军司

辖夏州，下辖宁朔（今靖边北）、静德（今榆林西）。

2. 祥祐军司

辖宥州，下辖长泽县（靖边西北）。

3. 左厢神勇军司

下辖洪州（今靖边西北）、盐州（今定边）。

注：参考《陕西省志·地理志》第三卷，第25页。

附录三　陕北边塞诗选

大夏龙雀铭

［大夏］赫连勃勃

凤翔元年（413）勃勃造百炼刚刀，号“大夏龙雀”，铭其背曰：

古之利器，吴楚湛[1]卢。大夏龙雀，名冠神都[2]。

可以怀远，可以柔逋[3]。如风靡草，威服九区。[4]

拓拔寂墓志铭词[5]

［唐］郑宏之

三苗之胤，惟姜有光。五代返本，复昌于唐。

高门长戟，列土封疆。引续不替，嘉谟孔彰。

---

① 湛：古代宝剑名，相传为春秋时欧冶子所造。这两句是说，古时制造的刀剑利器要数吴、楚两地的宝剑为好。

② 神都：指大夏国都统万城。

③ 逋：逃亡。可以柔逋：可以柔服叛逃者。

④ 靡：倒下。九区：九域，指天下。这两句赞喻赫连勃勃使用龙雀刀如风倒草一样威服天下。

⑤ 该墓志铭于唐开元二十五年（737）八月十八日立石，1996 年在横山县韩岔乡元盆洼村出土。拓跋寂（706—736），字守寂，鲜卑（一说党项）拓跋部静边州（在今陕西榆林市横山区）人。开元十年（722）前后，承袭其父拓跋思泰之西平郡开国公位，拜右监门卫大将军、兼静边州都督等职。

世笃忠良，施于孙子。玉质豪族，金章贵仕。
允武乃文，藏晖通理。如何不淑，宛其死矣。
亲哀子夭，弟痛兄亡。妹也灭性，叔兮增伤。
连枝溘尽，异史齐芳。有美不颂，其名孰扬？

经杀子谷①

［唐］陶翰

扶苏秦帝子，举代称其贤。
百万犹在握，可争天下权。
束身就一剑，壮志皆弃捐。
塞下有遗迹，千龄人共传。
疏芜尽荒草，寂历空寒烟。
到此尽垂泪，非我独潸然。

登夏州城观送行人赋得六州胡儿歌②

［唐］李益

六州胡儿六蕃语，③ 十岁骑羊逐沙鼠。

---

① 杀子谷：地名，在今陕西省绥德县城附近。史载，秦始皇死后，李斯及秦始皇的第十八子胡亥为夺取皇位，伪造了始皇的诏书，赐其镇守上郡的长子扶苏就地自杀。扶苏遵命自杀后，世人即将相传扶苏自杀之地称为杀子谷，又名呜咽泉。

② 这首诗是李益在夏州城参佐戎幕时，以纪实的手法描写了当时被唐朝羁縻迁置在夏州生活的突厥、党项、康国等西域市胡人的生活状况及他们对故土思念的情景。

③ 六州：在今陕西靖边、定边县及内蒙古鄂尔多斯西南一带。唐调露元年（679）突厥可汗阿史德温傅等发动突厥等胡人叛乱，被唐军击败后，唐朝为安置归降突厥杂胡人，便在夏州一带设置鲁、丽、含、塞、依、契六州，又因这六羁縻州所居大都是突厥杂胡人，又称“六胡州”。胡儿：对突厥杂胡人的蔑称。六蕃语：此指多种胡人语言。

沙头牧马孤雁飞，汉军[1]游骑貂锦衣。
云中[2]征戍三千里，今日征行何岁归。
无定河边数株柳，共送行人一杯酒。
胡儿起作和蕃歌，齐唱呜呜尽垂手。
心知旧国西州[3]远，西向胡天望乡久。
回头忽作异方声，一声回尽征人首。
蕃音虏曲一难分，似说边情向塞云。
故国关山无限路，风沙满眼堪断魂。
不见天边青作冢[4]，古来愁杀汉昭君。

送客往夏州

［唐］杨凝

怜君此去过居延[5]，古塞黄云共渺然。
沙阔独行寻马迹，路迷遥指戍楼烟。
夜投孤店愁吹笛，朝望行尘避控弦[6]。
闻有故交今从骑，何须著论更言钱。

---

① 汉军：此指唐朝军队。

② 云中：云中郡，其治所在今内蒙古托克托县一带。

③ 西州：其治城故址在今新疆吐鲁县东约25公里的高昌故城。唐代西州范围大致相当于今的吐、托、鄯三县。

④ 青作冢：指西汉王昭君的坟墓。汉昭君：汉代嫁匈奴单于的王昭君。

⑤ 居延：地名，在今甘肃省酒泉西北。

⑥ 控弦：指士兵。

旅次夏州

［唐］马戴

嘶马发相续，行次夏王台[①]。
锁郡云阴暮，鸣笳烧色来。
霜繁边上宿，鬓改碛中回。
怅望胡沙晓，惊蓬朔吹催。

麟中寓居寄蒲中友人[②]

［唐］薛能

萧条秋雨地，独院阻[③]同群。
一夜惊为客，多年不见君。
边心生落日，乡思羡归云。
更在相思处，子规[④]灯下闻。

咏史诗·杀子谷[⑤]

［唐］胡曾

举国贤良尽泪垂，扶苏屈死树边时。
至今谷口泉呜咽，犹似秦人恨李斯。

---

① 夏王台：统万城，十六国时期由大夏国王赫连勃勃建，唐代为夏州治城，今陕西省靖边县。

② 麟中：麟州，唐开元九年（721）设置，在今陕西神木市。蒲中：在今山西省蒲县。

③ 阻：隔离。

④ 子规：杜鹃，鸣声凄厉，可使异乡客人愁思。

⑤《子谷》：题又名《呜咽泉》。杀子谷，在今陕西省绥德县城附近，相传为秦始皇子扶苏自尽处。

鄜州留别张员外

［唐］韦庄

江南相送君山下，塞北相逢朔漠中。
三楚故人皆是梦，十年陈事只如风。
莫言身世他时异，且喜琴尊数日同。
惆怅却愁明日别，马嘶山店雨濛濛。

无定河①

［唐］无名氏

无定河边暮角声，赫连台②畔旅人情。
函关③归路千余里，一夕秋风白发生。

使至塞上④

［唐］王维

单车欲问边，属国过居延。⑤

---

① 这首诗在后蜀韦縠《才调集》卷第十中为无名氏作；在明弘治《延安府志》卷四中署名为唐陈祐作。

② 赫连台：统万城，即唐代夏州城。

③ 函关：在今河南省灵宝市西。

④ 使至塞上：奉命出使边塞。使：出使。

⑤ 单车：一辆车，车辆少，这里形容轻车简从。问边：到边塞去察看，指慰问守卫边疆的官兵。属国有几种解释：一指少数民族附属于汉族朝廷而存其国号者。汉、唐两朝均有一些属国。二指官名，秦汉时有一种官职名为典属国，苏武归汉后即授典属国官职。唐人有时以“属国”代称出使边陲的使臣。居延：地名，汉代称居延泽，唐代称居延海，在今内蒙古额济纳旗北境。又西汉张掖郡有居延县（参见《汉书·地理志》），故城在今额济纳旗东南。又东汉凉州刺史部有张掖居延属国，辖境在居延泽一带。此句一般注本均言王维路过居延。然而王维此次出使，实际上无须经过居延。因而林庚、冯沅君主编的《中国历代诗歌选》认为此句是写唐王朝“边塞的辽阔，附属国直到居延以外”。

征蓬出汉塞，归雁入胡天。①
大漠孤烟直，长河落日圆。②
萧关逢候骑，都护在燕然。③

陇西行

［唐］陈陶

誓扫匈奴不顾身，五千貂锦④丧胡尘。
可怜无定河⑤边骨，犹是春闺⑥梦里人！

闻捷

［宋］苏轼

闻说官军取乞訚，将军旗鼓捷如神。
故知无定河边柳，得共中原雪絮春。

---

① 征蓬：随风飘飞的蓬草，此处为诗人自喻。归雁：雁是候鸟，春天北飞，秋天南行，这里是指大雁北飞。胡天：胡人的领空。这里是指唐军占领的北方地方。

② 大漠：大沙漠，此处大约是指凉州之北的沙漠。孤烟，赵殿成注有二解：一云古代边防报警时燃狼粪，“其烟直而聚，虽风吹之不散”。二云塞外多旋风，“袅烟沙而直上”。据后人有到甘肃、新疆实地考察者证实，确有旋风如“孤烟直上”。又，孤烟也可能是唐代边防使用的平安火。长河：指流经凉州（今甘肃武威）以北沙漠的一条内陆河，这条河在唐代叫马成河，疑即今石羊河。

③ 萧关：古关名，又名陇山关，故址在今宁夏固原东南。候骑：负责侦察、通信的骑兵。王维出使河西并不经过萧关，此处大概是用何逊诗“候骑出萧关，追兵赴马邑”之意，非实写。都护：唐朝在西北边疆置安西、安北等六大都护府，其长官称都护，每府派大都护一人，副都护二人，负责辖区一切事务。这里指前敌统帅。燕然：燕然山，即今蒙古国杭爱山。东汉窦宪北破匈奴，曾于此刻石记功。这里代指前线。

④ 貂锦：这里指战士，指装备精良的精锐之师。

⑤ 无定河：在陕西北部。

⑥ 春闺：这里指战死者的妻子。

寄远词

［宋］罗与之

寒梢萧索风振林，蟪蛄切切语欲噤。
终宵展转不能寐，遥忆良人战场里。
阳关一别归无期，翠烟几度秋萤飞。
当时手种合欢树，今已苍苍云雨垂。
蜀锦裁书凭雁寄，那能道人意中事。
深秋倘得未移军，犹见幽闺数痕泪。
居延城外刁头声，无定河边霜月明。
妾身虽老幸未死，何日中原贺太平。

谢王生赠弓矢

［宋］李廌

将军材气旧无双，老矣犹思强挽强。
金厩愿乘千里马，玉关归奉万年觞。
受降城下沙场雪，无定河边木叶霜。
赠我良弓借余勇，君应真胜楚人亡。

督运宿明堂川

［宋］李复

督运晚宿明堂川，凿冰饮马沙冈窟。
风沙正面立不得，骁骑轻兵忽驰突。
密雪拥渡无定河，河带血流侵人骨。
帐中令下星骑来，半夜促行更仓猝。

庆州败[①]

［宋］苏舜钦

无战王者师，有备军之志。
天下承平数十年，此语虽存人所弃。
今岁西戎背世盟，[②] 直随秋风寇边城。
屠杀熟户[③]烧障堡，十万驰骋山岳倾。
国家防塞今有谁，官为承制[④]乳臭儿。
酣觞大嚼乃事业，何尝识会兵之机。
符移火急蒐卒乘，意谓就戮如缚尸。[⑤]
未成一军已出战，驱逐急使缘崄巇。

---

① 这首诗写于宋仁宗景祐元年（1034）宋军在庆州惨败之后。深刻揭露了北宋王朝边备废弛，将领无能的实情，并表达了作者忧虑国事的情怀。庆州，治所在今甘肃省庆城县。《宋史·夏国传》载，宋仁宗景祐元年（1034）七月，西夏元昊发兵攻庆州。宋缘边都巡检杨遵、柔远砦监押卢训以兵七百战于马岭，败绩。环庆路都监齐宗矩、走马承制赵德宣与宁州都监王文出兵增援，途次节义峰遇伏，大败被俘。

② 今岁：指景祐元年（1034）。世盟：宋朝立国后，夏、绥、银、宥、静五州党项李氏即附宋，并助宋灭北汉。后李继捧又纳这五州地降宋，其弟李继迁不服，又叛宋附辽，攻取灵州，引起宋发五道兵围灵伐李继迁。继迁死，子德明继位，于宋真宗景德二年（1005）同宋议和，真宗授德明为定难军节度使、封西平王。此后至李元昊继位的二十多年间，宋夏无大战事。此言“世盟”，指宋夏世代和好之盟。

③ 熟户：宋代指居住在西北边塞地归服宋朝的党项等族人。

④ 承制：内殿承制，武官名。当时齐宗矩以承制出为环庆路都监。此言齐宗矩昏庸无知，不懂兵法，如同乳臭未干的小儿。

⑤ 符移：下军令。符：兵符，古代用以传达命令、调兵遣将的凭证。卒乘：步兵为卒，车兵为乘。“意谓”句，是说宋军承制之官不懂兵事，盲目轻敌，以为捉杀敌人就像捆尸那样容易。

马肥甲重士饱喘，虽有弓剑何所施？
连颠自欲堕深谷，虏骑笑指声嘻嘻。
一麾发伏雁行出，山下掩截成重围。
我军免胄乞死所，承制面缚交涕洟。①
逡巡下令艺者全，争献小技歌且吹。②
其余劓馘放之去，东走矢液皆淋漓。③
首无耳准若怪兽，不自愧耻犹生归。
守者沮气陷者苦，尽由主将之所为。
地机不见欲侥胜，羞辱中国堪伤悲。

纪西夏事④

［宋］范雍

承平废边事，备预久已亡。
万卒不知战，两城皆复隍⑤。
轻敌谓小丑，视地固大荒。
愿因狂狡叛，从此葺边防。

① 以上四句是说，夏军包围了宋军，并解除宋军武装，所降宋军听凭夏军处置。免胄：摘下头盔。面缚：两手反绑，面向前，眼泪鼻涕交流投降。

② “逡巡”句是说，夏军徘徊巡查，下令所降宋军凡有技艺者可以保全性命，于是所降宋军士兵向西夏军又吹笛子又唱歌争相献艺保命。

③ 劓：割掉鼻子。馘：割掉耳朵。矢液皆淋漓：吓得屎尿都从裤子里流出。

④ 《纪西夏事》是范雍三川口惨败后，向朝廷建议加强西北边防而作的一首表达自己在边防和战争中切身感受的诗。

⑤ 两城皆复隍：指庆州、延州两城遭到西夏的围攻。

延州城漫兴四首①

［宋］范仲淹

一

金明阻西岭，清凉峙其东。②
延水正中出，一郡两城雄。

二

上上清凉山，逶迤复奇怪。
楼阁倚云岭，万井如天外。

三

凿山成石宇，镵③佛一万尊。
人世亦希有，神功岂无存。

四

洞以仙人名，仙去洞还在。
曲径白云深，幽栖自可爱。

依韵和延安庞龙图④柳湖⑤

［宋］范仲淹

种柳穿湖后，延安盛可游。
远怀忘泽国，真赏即瀛州。⑥

---

① 这组诗题一作《清凉山漫兴四首》，是范仲淹于康定二年（1041）在延州时作。

② 金明：宋代金明寨，在今延安市安塞区沿河镇堞子沟。清凉：今延安城清凉山。

③ 镵：古代铁制的一种凿石工具。

④ 庞龙图：庆历二年（1042）出知延州的庞籍。

⑤ 柳湖：在当时延州城南。

⑥ 泽国：此指苏州一带。瀛州：相传是仙人居住的地方。

江景来秦塞，风情属庾楼[1]。
刘琨增坐啸，王粲斗销忧。[2]
秀发千丝堕，光摇匹练柔。
双双翔乳燕，两两睡驯鸥。
折翠赠归客，濯清招隐流。
宴回银烛夜，吟度玉关秋。
胜处千场醉，劳生万事浮。
王公多雅故，思去共仙舟。

留题麟州[3]

［宋］范仲淹

宣恩来到极西州，城下羌山隔一流。[4]
不见耕桑见烽火，愿封丞相富人侯[5]。

---

① 庾楼：庾公楼。晋庾亮曾为江荆豫州刺史，治武昌，后治所移至浔阳，后人遂于此建楼名庾公楼。

② 刘琨增坐啸：指晋朝刘琨登城楼“清啸退敌”的典故。王粲：东汉末文学家，字仲宣。

③《留题麟州》是庆历四年（1044）范仲淹任陕西、河东宣抚使，出巡麟州时的诗作。

④ 宣恩：宣达皇帝的恩旨。极西州：指麟州；麟州在当时处于宋朝河东路的极西北边疆。一流：麟州城与西夏只隔一条窟野河。

⑤ 富人侯：富民侯。汉武帝末年，武帝欲使百姓殷实，所以特意把丞相封称富民侯。此处借用，意思是来到此州，只看到一派烽火战争的情景，看不到人们耕桑的景象，诗人希望自己做一个以人民生计为重的“富人侯”。

渔家傲·秋思

［宋］范仲淹

塞下秋来风景异，衡阳雁[①]去无留意。
四面边声连角起，千嶂里，长烟落日孤城闭。[②]
浊酒一杯家万里，燕然未勒[③]归无计。
羌管[④]悠悠霜满地，人不寐，将军白发征夫泪。

苏幕遮[⑤]·怀旧

［宋］范仲淹

碧云天，黄叶地，秋色连波，波上寒烟翠。
山映斜阳天接水，芳草无情，更在斜阳外。
黯乡魂，追旅思。[⑥] 夜夜除非，好梦留人睡。
明月楼高休独倚，酒入愁肠，化作相思泪。

贺春卿宣徽出帅延州[⑦]

［宋］韩琦

延塞何须辍钜公，西师今复久櫜弓。[⑧]

---

① 衡阳雁：指向南飞的雁。

② 角：画角，即军乐。嶂：山头。孤城：麟州城。

③ 燕然未勒：此处是诗人借后汉窦宪追逐匈奴，登燕然山刻石记功而还的典故，自责戍边无功。

④ 羌管：指西夏军队的军乐。

⑤ 苏幕遮：词调名。

⑥ 黯：黯然失色。追旅思：羁旅的愁思缠扰不休。追，追随。

⑦ 吴育知延州在仁宗至和二年（1055）。《宋史·吴育传》载，吴因受谏官刘元瑜诬劾，除宣徽南院使、鄜延路经略安抚使，判延州。

⑧ 钜公：高官大员。櫜弓：把弓箭装入口袋，引申为休战或议和。

三台[①]班秩名虽重，四海生灵泽未丰。
莫泥兵韬求策胜，更充贤业俟时通。[②]
归来谈笑岩廊[③]上，致主唐虞始是功。

鄜州相思河月国[④]

［宋］令狐挺

谁把相思号此河。塞垣车马往来多。
只应自古征人泪，洒向空洲作碧波。

题麟州城红楼[⑤]

［宋］文彦博

麟州知郡作坊，以彦博昔年所题红楼拙诗刻石，复以墨本见寄，辄成五十六字致谢，且寄怀旧之意尔。[⑥]

昔年持斧按边州，[⑦] 闲上高城久驻留。
曾见兵锋逾白草，偶题诗句在红楼[⑧]。

---

① 三台：汉朝设置尚书为中台、御史为宪台、谒者为外台，合称三台。

② 泥：拘泥、局限。贤业：能使国泰民安的大业。这两句是说吴育的作用不仅在于守边，更有治理国家之大用。

③ 岩廊：高峻的廊，亦喻庙堂和朝廷。

④ 相思河：今洛川、富县交界之界子河。江少虞《宋朝事实类苑·诗歌赋咏》载："相思河，鄜州东百里，有水名相思河，岸有邮置，亦曰相思铺，令狐挺题壁以诗，曰：'谁把相思号此河……'"该诗在《全唐诗》中收为令狐楚作，似误。

⑤ 诗题为本书笔者所加。这首诗作于宋嘉祐六年（1061）。

⑥ 作坊：官衔。墨本：拓印本。

⑦ 持斧：斧是斧节，大臣奉命出使，皇帝赐给斧节，作为信符。按：巡察。

⑧ 红楼：该句原注为"楼在城上对白草坪"。

控弦挽粟成陈事，缓带投壶忆旧游。①
狂斐更烦金石刻，腼颜多谢镇西侯。②

寒上

［宋］司马光

胡兵欲下阴山，寒烽远过萧关。③
将军贵轻士卒，几人回首生还。④

塞上二首⑤

［宋］司马光

一

节物正防秋，关山落叶稠。
霜风壮金鼓，雾气湿旌裘。
未得西羌灭，终为大汉羞。⑥
惭非班定远⑦，弃笔取封侯。

---

① 控弦：指整兵。挽粟：指运粮草。缓带：穿着便服。投壶：一种游戏。

② 狂斐：狂妄的文字，是诗人自谦之词。镇西侯：指麟州知郡作坊官。

③ 阴山：在今内蒙古自治区境内，历史上是匈奴、突厥等民族所居地。此指西夏居地。萧关：宋时萧关在今宁夏海原县高崖乡。此泛指宋朝的西北边塞。

④ “将军”两句似批评神宗治平四年（1067）宋将种谔招降夏将嵬名山，攻占绥州（今陕西绥德）引发宋夏战争之事。

⑤ 熙宁三年（1070）司马光因反对王安石“新政”，以翰林学士出知永兴军（今陕西西安）。此两首诗即这年九月司马光赴陕北巡边时所作。

⑥ 以上几句是说，熙宁三年（1070）西夏大举侵扰宋大顺城、保安军等地，宋朝加强宋、夏边塞防御。

⑦ 班定远：东汉班固弃笔从戎。此喻司马光从军事。

二

鸿雁秋先到，牛羊夕未还[①]。
旌旗遥背水，亭堠[②]远依山。
落日衔西塞，阴烟澹北关。
何时献戎捷，鞍甲一朝闲。

延安道中作

［宋］司马光

羁旅兼边思，川原蹀血新。
烟云长带雨，草树不在春。
细水淘沙骨，惊飚转路尘。
今朝见烽火，白首太平人。

将军行[③]

［宋］司马光

赤光满面唇激朱，虬须虎颡三十余。
腰垂金印结紫绶，诸将不敢过庭除。
羽林精卒二十万，注听钟鼓观麾旟。

① 牛羊夕未还：比喻战争没有期限。《诗经·王·君子于役》：“君子于役，不日不月。曷其有？鸡栖于桀，日之夕矣，羊牛下括。”于役，去服役；曷，何也；括，至；桀，鸡栖的木架。

② 亭堠：古代边塞上监视敌情的土堡。

③ 《将军行》：嘉祐二年（1057）春，司马光以并州通判巡边到麟州，时知麟州武戡向他汇报在麟州城屈野河西白草坪新筑二堡，以防西夏。从诗中“虎颡三十余”“腰垂金印”“不喜读兵法”等句所描写的事物看，似司马光赞颂自己这次出巡麟州谋划抗御西夏事。司马光离麟州后，这年五月武戡等率兵将到白草坪筑堡，即引发宋、夏白草坪之战，宋军惨败，郭恩等将士300余人战死。

肥牛百头酒万石，烂漫一日供欢娱。
自言不喜读兵法，智略何必求孙吴。
贺兰山前烽火满，谁令小虏骄慢延须臾。

延州

［宋］沈括

二郎山下雪纷纷，旋卓穹庐学塞人。①
化尽素衣冬未老，石烟多似洛阳尘。②

鄜延凯歌

［宋］沈括

边兵每得胜回，则连队抗声凯歌，乃古之遗音也。“凯歌”词甚多，皆市井鄙俚之语，予在鄜延时，制数十曲，令士卒歌之，今粗记得数篇。

其一

先取山西十二州，别分牙将打衙头③。
回看秦塞④低如马，渐见黄河直北流。

其二

天威略地过黄河，万里羌人尽汉歌。
莫堰横山倒流水，从教西去作恩波。⑤

---

① 旋：立即。卓：竖立。穹庐：北方游牧民族居住的毛毡帐篷。
② 冬未老：冬天并未过去。石烟：指石油燃烧的烟尘。
③ 衙头：指西夏禁兵卫队之类军队的首领。
④ 秦塞：指宋与西夏边塞。
⑤ 堰：堵。横山：今陕西省北部白于山山脉，绵亘于榆林、横山、靖边、定边等县。恩波：传播皇帝的恩德。

其三

马尾胡琴随汉车，曲声犹自怨单于。①

弯弓莫射云中雁，归雁如今不寄书。

其四

灵武西凉不用围，蕃家总待纳王师。

城中半是关西种②，犹有当时轧吃儿。

其五

旗队浑如锦绣堆，银装背嵬打回回③。

先教净扫安西路，待向河源饮马来。④

送范纯粹⑤守庆州

［宋］苏轼

才大古难用，论高常近迂。

君看赵魏老，乃为滕大夫。

浮云无根蒂，黄潦能须臾。

知经几成败，得见真贤愚。

羽旄照城阙，谈笑安边隅。

当年老使君⑥，赤手降于菟。

---

① 胡琴：古代胡人女子歌舞时，多执“胡琴”弹奏。此代指美女。汉车：此指宋朝的将士。单于：古曲牌名，有《小单于》《大单于》。

② 关西：函谷关以西之地，古称关西。关西种：指关西人的后代。

③ 回回：指西夏。

④ 安西路：唐代设有安西都护府，治城在新疆吐鲁番高昌。此泛指黄河西部地区。河源：黄河源头。

⑤ 范纯粹：字德孺，范仲淹的三子。元丰四年（1081）为陕西转运判官。元祐二年（1087）出知庆州，绍圣年间知延州。

⑥ 老使君：指范仲淹。

诸郎更何事，折箠鞭其雏。
吾知邓平叔，不斗月支胡。

闻种谔米脂川大捷[①]

［宋］王珪

神兵十万忽乘秋，西碛妖氛[②]一夕收。
匹马不嘶榆塞[③]外，长城乍起玉关头。
君王别绘凌烟阁[④]，将帅今轻定远侯。
莫道无人能报国，红旗行去取凉州。

挽折克行[⑤]经略二首

［宋］张舜民

一

千古云台会，同归一惨凄。
家声著河北，忠勇冠山西。[⑥]
此日辞旌节，他年听鼓鼙。
岂惟旧士女，塞高亦悲啼。

---

① 诗题后原注：“兵未进讨，边人望见汉城列峙西界中。”米脂川大捷：指丰元四年（1081），宋鄜延路种谔军在米脂川大败西夏军，并攻取米脂寨的大捷。

② 西碛妖氛：蔑称西夏军队。

③ 榆塞：今陕北榆林一带。

④ 凌烟阁：指绘挂功臣图像的阁楼。

⑤ 折克行：字遵道，府州（今陕西省府谷县）人。曾任知府州军州事兼劝农使、麟府州管界都巡检使、河东第十二将、秦州管内观察使等职，多次率军与西夏作战。卒于大观二年（1108），谥号武恭。

⑥ 河北：指今陕北及山西省地区。山西：指太行山以西至陇山地区。

二

西河幕下均劳苦，仆射军中若父兄。
里巷未容收竹马，牙门已见揭铭旌。
尽歼洪德几擒姬，自拓天都便偃兵。①
藿食野人何不寐，只忧御敌失长城。②

挽折克行经略

［宋］李之仪

月掩天边毕觜星，俄传丹旐出新铭。
凯歌尚记都门路，画像空留禁殿屏。
汉地拓馀烽自远，大营拔处草常青。
他时再见西安府③，涕泪徒能想成名。

挽折克行经略

［宋］朱琳

斋坛历吉付戎旃，将略兵机倚万全。
笑取天都摧右臂，坐安陇渭肃西边。④
韬钤初试二三策，甲子俄周六十年。
宿草新坟堪堕泪，英姿空想画凌烟。

---

① 洪德：洪德城，在今甘肃省环县西北。姬：指西夏将兵。天都：天都山，在今宁夏固原地区。

② 藿食野人：平民百姓。长城：指折克行。

③ 西安府：西安州城，为折克行所建，在今宁夏固原。

④ 这两句是说，折克行率军在天都山打败西夏军，固守宋朝西北边塞。

折继闵神道碑铭词①

［宋］张叔夜

维山之麓，维河之滨。气之所钟，是生虎臣。
事上以忠，惠下以仁。董此军旅，抚其民人。
弗懈于勤，以终厥身。烨烨秀干，落落雄姿。
粤在髫龀，不为儿嬉。壮行所学，自信弗疑。
遇事冰积，见贼风驰。投亡而存，脱正为奇。
宝元之初，元昊始叛。虿尾鼠牙，毒我疆畔。
诏公出师，举无遗算。堂堂鱼丽，累累鹅鹳。
殄彼残虏，席卷雾散。藐然孤城，重围援绝。
犬羊蚁附，炊骸喋血。□以忠义，砺以名节。
弩贯羌酋，胸洞支裂。万众奔溃，车无留辙。
列筑堡障，异乎城郎。杵锺如云，凯歌洋洋。
固吾之圉，复我侵疆。安辑边氓，既宁既康。
天子嘉祐，褒诏有光。噫公之才，宜贵而寿。
三十有五，用不克究。累将重侯，庆贻厥后。
府谷天平②，卜兆惟旧。郁郁佳城③，闷此白昼。

---

① 该墓志铭于政和年间（1111—1117）由折继闵之孙折可求立石，1976 年在陕西府谷县西瑜头出土。折继闵（1018—1052），府州（今陕西府谷县）人，历官麟府路兵马钤辖、知府州军州事等职。庆历年间曾带兵与西夏多次作战。折可求，政和年间任太原府路兵马都监，兼管勾麟府路军马公事；南宋建炎三年（1129）降金；绍兴九年（1139）被金人毒死。

② 府谷天平：今府谷县西瑜头。

③ 佳城：坟墓。

折可存墓志铭词[①]

［宋］范圭

既冠而仕，仕已有声。女崖[②]巨猾，举不再征。
俘腊取江[③]，势若建瓴。雁门之役，为将治兵。
受命不宿，怀忠允勤。门道自南，忆母在并。
公乎云亡，天道杳冥。谁为痛惜，昭昭斯铭。

① 该墓志铭于南宋建炎四年（1130）十月立石，清光绪十八年（1892）在府谷县孤山乡天平山折氏坟园出土。折可存（1096—1126），字嗣良，府州（今陕西府谷县）人，是名将折继闵之孙、折克行之子。官至河东第二将。其墓志铭载，曾与西夏军多次作战。宣和年间（1119—1125）“就擒腊贼（方腊）”，“捕草寇宋江”。

② 女崖：驻麟、府州西部西夏一部族将领。

③ 俘腊取江：指折可存俘方腊，打败宋江。

附录四　北宋边塞诗研究相关散文

筑统万城下书[1]

［十六国］赫边勃勃

古人制起城邑，或因山水[2]，或以义立名[3]。今都城已建，万堵斯作[4]。克成弗远[5]，宜有美名。朕方统一天下，君临万邦[6]，可以统万为名。

作者简介

赫连勃勃，字敖云，匈奴族铁弗部，十六国时期大夏的建立者。初属后秦姚兴，为骁骑将军，其后为持节、安北将军，五原公，镇守朔方。不久，自称大夏天王、大单于，年号龙升。东晋刘裕灭亡后秦，入长安，留子义真守之。他乘机进攻关中，大败刘义真，占据长安，称帝，国号为大夏。

注释

①本文选自《十六国春秋》。统万城：大夏国的都城，赫连勃勃于凤翔元年（413）所筑，故地在今陕西省靖边县北白城子。

②或：有的。因山水：根据所在地的山水来命名。因，

依据。

③以义立名：根据意义来确定名称。义：道理，意义。

④万堵斯作：众多的城墙已经开始兴建。斯，语助词。作，建造，兴修。《诗．小雅·鸿雁》："百堵皆作。"

⑤克成弗远：离完成为时不远。克，完成。

⑥君临万邦：统治天下。万邦，犹言万国，统治天下。曹植《责躬》："受禅于汉，君临万邦。"

上书言边事[1]

［宋］宋琪

臣顷任延州节度判官[2]，经涉[3]五年，虽未尝躬造夷落[4]，然常令蕃落将和断[5]公事，岁无虚月。蕃部之事。熟于闻听。大约党项、吐蕃风俗相类，其帐族[6]有生户、熟户。接连汉界，入州城者谓之熟户；居深山僻远，横过寇略[7]者谓之生户。其俗多有世仇，不相来往，遇有战斗，则同恶相济[8]，传箭相率[9]，其从如流。虽各有鞍甲，而无魁首[10]统摄，并皆散漫山川，居常不以为患。

党项界东自河西银、夏，西至灵、盐，南距鄜、延，北连丰、会。[11]厥土多荒隙[12]，是前汉呼韩邪[13]所处河南之地，幅员千里。自鄜、延以北，多土山柏林，谓之南山。野利，盖羌族之号也。

从延州入平夏[14]有三路：一、东北自丰林县苇子驿至延川县，接绥州，入夏州界；[15]二、正北从金明县入蕃界，至卢关四五百里，[16]方入平夏州南界；三、西北历万安镇，经永安城，出洪门，至宥州四五百里，[17]是夏州西境。我师如入夏州之境，宜先招致接界熟户，使为乡导[18]，其强壮有马者，令去官军三五十里踏白[19]先行。缘此三路，土山柏林，溪谷相接，而复隘陿[20]不得成列，蹑此乡异，可使步卒多持弓弩枪锯[21]随之。以二三千人登山侦逻，俟见坦途宁静，可传号勾马遵路[22]而行，我皆严备，保无虞也。

长兴四年，夏州李仁福死，有男彝超擅称留后。[23]当时诏延州安从进与李彝超换镇，彝超据夏州，固不奉诏，朝廷命邠州药彦稠总兵五万送从进赴任。时顿兵城下，议欲攻取。军储不继，遽命班师。而振旅[24]之时，不能严整，失戈弃甲，遂为边人之利。

臣又闻党项号为小藩，非是勍敌[25]，若得出山布阵，止劳一阵，便可荡除。深入则馈运艰难，穷追则窟穴幽隐，莫若缘边州镇，分屯重兵，俟其入界侵渔，方可随时掩击，非为养勇，亦足安边。凡乌合之徒，以挫其锐。彼无城守，众乏糇粮[26]。威赏不行，部族分散，然后密令觇[27]其保聚之处，预于麟、府、鄜、延、宁、庆、灵、武[28]等州约期会兵，四面齐进，绝其奔走之路，合势击之，可以剪除无噍类[29]矣。仍先告谕诸军，击贼所获生口[30]、资畜，许为己有，彼为利诱，则人百其勇[31]。

灵武路自通远军入青冈峡五百里，[32]皆蕃部熟户。向来使人[33]、商旅经由，并在部族安泊[34]，所求赂遗无几，谓之“打当”，亦如汉界逆旅之家宿食之直也。此时大军或须入其境，则乡导踏白，当如夏州之法。况彼灵州便是吾土，刍粟储畜，率皆有备。缘路五七程，不烦供馈，止令逐都兵骑，裹粮轻赍[35]，便可足用。谚所谓“磨镰杀马”，劫一时之力也，旬浃之余[36]，固无阙乏矣。

作者简介

宋琪，字叔宝，曲州蓟县（今北京大兴）人，五代时中契丹进士，后仕宋。先后任延安从事，开封通判，太宗时任参知政事，宰相。卒赠司空，谥号惠安。

注释

①本文选自《宋史·宋琪传》（卷二百六十四）。

②顷：近年。判官：地方长官的僚属，佐理政事。唐宋时节度、观察、防御等使，均有判官协助政事。

③经涉：经历。

④躬造夷落：亲自到达少数民族聚居的地方。躬，身体，引申为自身，亲自。造，往、到。

⑤和断：调和、处理。

⑥帐族：族帐，指少数民族部落。

⑦横过寇略：横行侵略。

⑧同恶相济：坏人狼狈为奸。济，帮助。有时也作“同恶相助”。

⑨传箭相率：以箭作为号令，互相服从。率，服从。

⑩魁首：首领。

⑪银、夏：银州（今榆林东南），夏州（陕西靖边白城子）。灵、盐：灵州（今宁夏灵武西南），盐州（今陕西定边）。鄜、延：鄜州（今陕西富县），延州（今陕西延安）。丰、会：丰州（今陕西府谷西北），会州（今甘肃靖远西南）。

⑫荒隙：荒芜空闲。

⑬呼韩邪：西汉时匈奴单于。

⑭平夏：党项部落名。因其长期据有夏、银等州，故常将这些地区称为平夏。

⑮丰林县：宋代县名，属延州，后降为镇，故地在今陕西延安市东。延川县：今陕西省延川县。绥州：宋代州名，在今陕西省绥德县。

⑯金明县：宋代县名，故地在今陕西省延安市安塞区北。卢关：芦子关，在今陕西省安塞北一百四十里。

⑰万安镇：在今陕西省延安市西。永安城：不详。麟州有永安塞，但从地理上看似不相符。疑为“保安”或“招安”。洪门：洪川，在今陕西省靖边县南。宥州：唐代州名，故地在今内蒙古鄂托克旗南，宋时属西夏。

⑱乡导：向导。

⑲踏白：唐宋骑兵番号名。

⑳隘陿：狭隘、狭窄。陿，同“狭”。

㉑锯：《资治通鉴长编》作“镢”。镢，小钺。

㉒遵路：沿着道路。

㉓长兴四年：933 年。长兴，五代后唐明宗年号（930—933）。李仁福：后唐时党项族首领，任定难军（治所在夏州）节度使。长兴四年，李仁福卒，其子李彝超自立为留后。（见《资治通鉴》后唐纪七）

㉔振旅：撤军班师。《资治通鉴》后唐纪七：“药彦稠等进屯芦关，彝超遣党项抄粮运及攻具，官军自芦关退保金明。”

㉕勍敌：劲敌。勍（qíng），强有力。《左传·信公二十二

年》："勍敌之人。"

㉖糇粮：干粮。

㉗觇：看，窥见。

㉘麟、府：麟州（今陕西神木北），府州（今陕西府谷）。宁、庆、灵、武：宁州（今甘肃宁庆），庆州（今甘肃庆阳），灵州（今宁夏灵武西南），武州（今山西神池）。

㉙噍类：遗类，活口。《汉书・高帝纪》："（项羽）尝攻襄城，襄城无噍类。"

㉚生口：指俘虏。

㉛人百其勇：士兵们奋勇百倍。

㉜通远军：环州。环州一度曾降为通远军，在今甘肃省环县。青冈峡：在环州北，归德川上。

㉝使人：使者。

㉞安泊：停留歇脚。赂遗：钱财。

㉟裹粮轻赍：出征时自己携带粮食。赍：旅行者携带的衣食。

㊱旬浃：十天。浃，《国语．楚语下》："近不过浃日。"

奏陕西河北和守攻备四策[①]

［宋］范仲淹

臣等蒙圣恩非次奖擢[②]，待罪两府[③]，日夜忧迫，恐负陛下委用之意。臣等诚无所长，但塞下初还，粗知边事，不敢有隐。

臣等闻三代[④]以还，皆有戎狄之患，以至侵陵中臣等闻三代以还，皆有戎狄之患，以至侵陵中国，被于渭洛。[5]齐、晋逐之于前[6]，秦、汉驱之于后[7]。中原始清，人伦乃叙。逮于西晋之弱，群胡滑夏[8]。天宝之末，石晋之际，中国不幸皆罹其害。[9]自周世宗[10]北征之后，虽疆土未复，夷夏稍分。我祖宗奕世修备，大庇生民。[11]今西北二方复相交构，[12]夹困中国。元昊率先叛命[13]，兵犯延安；次犯镇戎，杀伤军民，曾无虚岁。中国之兵讨伐未利，而北戎[14]举十万众，谓元昊是甥舅之邦，责中国不当称兵，此交构之迹，更何疑哉？国家以生民之故，增物帛以续盟好，彼既获利，方肯旋师。今乘西夏通顺[15]之议，又欲主盟邀功，以自尊大，元昊屡战屡胜，且倚北戎，事势虽求通顺，实欲息肩[16]，亦如北戎，大获厚利。候其物力稍丰，可以举众，则必长驱深入，有吞吐并关辅[17]之志。何以知之？昨定川之战[18]，我师不利，彼作伪诏，诱胁边人，欲定关中，其谋不细。盖汉多叛人，陷于穷漠，衣食嗜好皆不如意，必以苻坚、刘元海、元魏[19]故事日夜游说元昊，使其侵取汉地，而以汉人守之，则富贵功名，衣食嗜好得如其意。乃知非独元昊志在侵权，实汉之叛人日夜为贼之谋也。朝廷若从其通顺，则北戎邀功，自为主盟，下视中国，要求无厌[20]，多方困我，而终于用兵矣。若拒绝其意，则元昊今秋必复大举，北虏亦必遣使问我拒绝元昊之故，或便称兵[21]塞外，张势胁我。国家至时宁不疑惧？必于陕西选将抽兵，移于河北，未战而西陲已虚，元昊乘虚而来，必得志于关辅，此二虏交构之势。

何以御之？臣等思度，是和与不知俱为大患。然则今之谋者，莫若择帅练兵，处置边事，日夜计略，为用武之策，以和好为权宜，以战守为实事。彼知我有谋有备，不敢轻举，盟约可久矣。如不我知，轻负盟约，我则乘彼之骄，可困可击，未必能为中国患也。臣等请画一言之。

1. 陕西和策

臣观西戎蓄祸[22]，积有岁年。德明在时，已闻僭拟[23]，元昊方壮，遂肆凶骄[24]。外倚北戎，内凌中国，屡战屡胜，未尝挫衄[25]，而乃辄求通顺，实图休息，所获者大利，所屈者虚称。然犹干请多端[26]，奸计未测，国家以生灵念，不可不纳。如唐高祖、太宗，应天顺人。百战百胜，犹屈于突厥。当戎王始亡，为之举哀，废朝三日，遣百寮诣馆，吊其来使，其屈礼之甚也。[27]又太宗骑六骑，于渭上见颉利，与语，复亲与之盟。颉利既通，左右劝击之，太宗谓我击彼败，惧而修德，后患必深。[28]乃周旋俯就，使之骄怠，一旦遣李靖擒之，威震四极，此盛王之谋也。陛下如唐高祖、太宗隆礼敦信[29]，以盟好为权宜，选将练兵，以攻守为实事。彼不背盟，我则抚纳[30]无倦；彼将负德，我则攻守皆宜。如此则结好之策，未有失也。

2. 陕西守策

元昊自来通顺之时，岁受恩赐，朝廷抚纳甚厚，未尝有失，尚犹时扰边境，杀戮将吏。既叛命以来，累次大举，曾无沮败，乃求通顺，实蓄阴谋，非屈伏之真也。朝廷若以权宜许之，更当严作守备。然陕西久屯大兵，供费殚竭，减兵则守备不足，不减则物力已困。臣等请缘边城寨愈加缮完，使戎虏之心无所窥伺。

又，久守之计，须用士兵[31]。各谙山川，多习战斗，比之东兵[32]，战守功倍。然缘边次边[33]，士兵数少，分守不足，更当于要便[34]城寨招置士兵。若近里士兵愿改隶边寨者，即迁其家而团集之，况昨来庆州创起大顺城[35]，欲置振武、保捷兵两指挥，仍于永兴、华、耀士兵中[36]，召其愿守寨者，而应募甚众。何则？关内储州士兵多在边上，或得代归营，而数月之间复出远戍，岂徒星霜之苦[37]，极伤骨肉之恩。征夫不保其家，离妇颇多犯法，人情不免，久则怨起。如得并迁共家于缘边住营，更免出军，父母妻子乐于完聚，战则相救，守则相安。或谓苦士兵携家居于寨下，则全分请给，其费尤多。不然，士兵月给差少[38]，又素号精强，使之戍边，于东兵数复可减，然于逐路渐为增益，二年以来方能整习，固非一朝可骤改也。

又，陕西新刺[39]保捷士兵，其中尪弱不堪战阵者宜沙汰之[40]，使归于田亩，既省军费，复增农力。然后，东兵三分中，一分与屯边，以助士兵之势；一分移于次边，或屯于关辅，以息馈饷之困；一分归京师，以严禁卫之防。彼如纳款未变，则东兵三分中更可退。

又，缘边无税之地所招弓箭手，各使聚居险要，每一两指挥，共修一堡，以完其家，与城寨相应。彼戎小至，则使属户蕃兵[41]暨弓箭手与诸寨士兵共力御捍。彼戎大举，则二旬之前，必闻举集，我之次边军马，尽可勾呼驻于坚城，以待敌之进退。缘边山坂重复，彼之重兵必循大川而行，先求疾速，俟其得胜，使我师沮而不出，方敢散兵虏掠，过越险阻，更无顾虑。我若持重不战，则彼之重兵行川路中，粮草无所给，牛羊无所获，不数日，人马困敝。彼之重兵更不敢越险，又未能决胜，必不得已而散兵虏掠，我于山谷村落中，伏精锐以待之。彼散掠之兵，轻而寡弱，可击可逐。使散无所掠，聚不得战，欲长驱深入，我则使诸将出奇以蹑其后；欲全师以归，我则使诸城出兵以乘其弊。彼将进而有祸，不三两举，势必败亡，此守策之要也。

3. 陕西攻策

元昊巢穴，实在河外[42]。河外之兵，懦而罕战。惟横山[43]一带蕃部，东至麟、府，西至原、渭[44]，二千余里，人马精劲，惯习战斗，与汉界相附，每大举入寇，必为前锋。故西戎以山界蕃部为强兵，汉家以山界属户及弓箭手为善战。以此观之，各以边人为强，理固明矣。所以秦、汉驱逐西戎，必先得山界之城。彼则远遁，然后以河为限，寇不深入。倘元昊归款，则请假和策以待之。如未通顺，或顺而翻覆，则有可攻之策，非穷兵黩武，角胜于绝漠之外也[45]。

臣等尝计陕西四路[46]之兵，总数几三十万，非不多也，然各分守城寨，故每岁战兵，大率不过二万余人。坐食刍粮，不敢举动，岁岁设备，常如寇至，不知贼人之谋，果犯何路。贼界则不然，种落散居，衣食自给，忽尔点集[47]，并攻一路，故犬羊之众，动号十余万人。以我分散之兵，拒彼专一之势，众寡不敌，遂及于败。且彼为客，当劳而返逸；我为主，当逸而返劳。我若复用此计彼劳我逸，则取胜必矣。臣等请于鄜延、环庆、泾原路各选将佐三五人，使臣一二十人，步兵二万，骑兵三千，以为三军，以新定阵法训练岁余，俟其精勇，然后观贼之隙，使三军互掠于横山。更进兵，降者，纳质厚赏，各令安士；拒者，并兵急击，必破其族。假若鄜延一军先出，贼必大举来应，我则退守边寨，或据险要，不与大战，不越旬日，彼自困敝，势将溃归，则我环庆之军复出焉。彼若再图点集，来拒王师，则又有泾原之师乘间而入。使贼奔命不暇，部落携怨[48]，则我兵势自振，如宥州、绥州、金汤、白豹、折姜[49]等寨，皆可就而城之。其山界蕃部，去元昊且远，求援不及，又以我坚城据之，以精兵临之，彼既乐其土，复逼以威，必须归附，以图安全。三五年间，山界可以尽取，此春秋时吴用三师破楚之策[50]也。元昊若失横山之势，可谓断其右臂矣。矧汉、唐之旧疆，岂今日之生事也！[51]

作者简介

范仲淹，字希文，吴县（今江苏苏州）人。宋代著名的政治家、军事家。真宗大中祥符年间进士。仁宗宝元三年（1040），出任陕西经略安抚副使，知延州，有效地遏制了西夏的侵扰，巩固了西北边防。庆历三年（1043），任参知政事，积极进行政治改革，因保守势力的反对而告失败，出任陕西四路宣抚使。卒谥文正。工诗善文，有《范文正公集》。

注释

①本文选自《全宋文》（卷三十四）。文中原有四策，现求“陕西和策”“陕西守策”“陕西攻策”，略去“河北备策”。

②非次奖擢：不按官次破格提升。范仲淹本为陕西经略安抚使副使，在庆历三年直接提升为参加政事（副宰相），故曰。

③待罪两府：言在中书省和枢密院供职。待罪，谦辞。两府，宋代称中书省和枢密院为两府。范仲淹任参知政事，参与两府的奏事和议论。

④三代：指夏、商、周三代。

⑤侵陵：侵犯欺凌。被于渭洛：到达渭水和洛水一带。《史记·周本纪》：周幽王时，犬戎进攻周都镐，夺幽王于骊

山之下，尽取周财宝而去。《史记·卫康叔世家》：卫懿公九年，翟人伐卫，杀懿公，攻入卫都。

⑥齐、晋逐之于前：《史记·齐太公世家》中有山戎入侵燕国，燕国向齐国告急，齐桓公率大军救燕，讨伐山戎，直到孤竹才回师。《史记．晋世家》中有晋献公命太子申生讨东山赤狄。

⑦秦、汉驱之于后：《史记·秦始皇本纪》中有西北斥逐匈奴。《史记·匈奴列传》中有汉武帝遣大将军卫青、骠骑霍去病数次出塞击匈奴。

⑧西晋之弱，群胡滑夏：西晋永嘉年间（307—312），各少数民族纷纷反叛晋室，匈奴、鲜卑、羯、氐、羌等五族的贵族首领，在北方先后建立了十六国政权。滑（gǔ）夏：扰乱中原。

⑨天宝之末：唐玄宗天宝十四年（755），安禄山及部将史思明在河北范阳叛变，连接攻下洛阳和长安，给中原地区造成巨大灾难。石晋之际：五代后晋出帝石重贵开运三年（946），契丹大举南侵，攻陷后晋都城开封。

⑩周世宗：五代后周皇帝柴荣。世宗显德六年（959），后周对契丹用兵，收复了被契丹占据的燕云十六州中的瀛、莫二州。

⑪奕世修备：一代接一代治理边防。奕世，累世，一代接一代。生民：人民，百姓。

⑫西北二方：指西夏与契丹。交构：有意勾结，扩大事态。

⑬元昊率先叛命：《宋史·夏国传》中有康定元年

（1040）元昊“破安远、塞门、永平诸砦，围延河，设伏三川口，执刘平、石元孙、傅偃、刘发、石逊等。又攻镇戎军，败刘继宗、李纬兵三千”。

⑭北戎：指契丹族。

⑮通顺：降服归顺。

⑯息肩：立足，指欲暂时修好，蓄积力量。

⑰关辅：关中和京畿地区，指中原地区。

⑱定川之战：庆历二年（1042）泾原副都部署葛怀敏在渭州定川寨（今宁夏固原西北）被西夏大军围困，寨破，葛怀敏一十六名将官阵亡，宋军九千四百余人被俘。

⑲苻坚：十六国时期前秦皇帝。字永固，略阳临渭（今甘肃秦安东南）人，氐族。任用王猛，先后攻灭前燕等国，统一了北方大部分地区。后来进攻东晋，在淝水遭遇惨败，后被羌族首领姚苌所杀。刘元海：刘渊，字元海，匈奴族，十六国时期后汉政权的建立者。西晋末年反晋，称汉王，后称汉帝。元魏：北朝时候由鲜卑族建立的王朝，386 年由拓跋珪所建史称北魏。后来孝文帝拓跋宏改本姓拓跋为元，故又称“元魏”。

⑳无厌：没有满足。

㉑称兵：举兵，兴兵。

㉒蓄祸：蓄意谋反。

㉓德明：李德明，李继迁之子，元昊之父。李继迁死后，继位为西夏王。僭拟：超越本分，自比于居上位者。

㉔方壮：年纪正轻。肆凶骄：毫无顾忌地反叛。

㉕挫衄：挫折和失败。衄，挫败。

㉖干请多端：提出多种请求。干，求。

㉗戎王：指突厥可汗。废朝：停止朝廷政务。百寮：百官。寮，通“僚”。

㉘颉利：唐时东突厥可汗。太宗：唐太宗李世民。武德九年（626），突厥颉利、吐利可汗，合兵十万，进攻关中，到达长安城外渭桥，唐太宗率六骑到渭水边，与颉利隔水而语，定盟于渭桥之上，突厥兵遂退。贞观四年（630），唐朝大将李靖讨伐突厥，突厥大败，颉利可汗被擒。

㉙隆礼敦信：尊崇礼节，敦厚信义。

㉚抚纳：安抚的士兵。

㉛土兵：当地的士兵。

㉜东兵：指陕西以东地区的军队。这里特指北宋禁军而言。

㉝缘边：指边寨地区。次边：指接近寨的地区。次，近。

㉞要便：险要便利。

㉟庆州：宋代州名，属环庆路，治所在今甘肃省庆阳。大顺城：庆历二年（1042）范仲淹知庆州时所筑，故城在今庆阳一百五十里。《续资治通鉴》（卷四十四）：“庆州之西北马铺寨，当后桥川口，深在贼腹中，范仲淹欲城之，度贼必争，密遣子纯佑与蕃将赵明先据其地，引兵随其后。诸将初不知所向，行至柔远，始号令之，版筑毕具，旬日城成，是岁三月也；寻赐名大顺。”

㊱永兴：永兴军，属陕西路，治所在今陕西西安市。华：华州，治所在今陕西省华县。耀：耀州，治所在今陕西省铜川市耀州区。

㊲星霜之苦：久戍边寨之苦。星一年周转，霜每年因时而降，故古代以星霜指年岁。

㊳月给：由朝廷按月发给的钱米。差少：比较少。

㊴剌：同“刺”，采用。

㊵尩弱：瘦弱。沙汰：犹淘汰。

㊶属户蕃兵：指宋代边疆内属的少数民族士兵。

㊷河外：指黄河以西的地区，相当于今宁夏和甘肃一带。

㊸横山：山名。绵亘于陕西北部，山崖高峻，绵延千里。宋时西夏据此，不断侵扰边境。

㊹麟：麟州（今陕西神木北）。府：府州（今陕西府谷）。原：原州（今甘肃镇原）。渭：渭州（今甘肃平凉）。

㊺角胜：争夺胜利。绝漠：极远的沙漠地区。

㊻陕西四路：宋代庆历元年分陕西沿边为秦凤、泾原、环庆、鄜延四路。

㊼点集：集中兵力于一处。

㊽携怨：怨恨背叛。携，离，指背叛。

㊾宥州：宋代州名，治所在今内蒙古鄂托克旗南。绥州：宋代州名，治所在今陕西省绥德县。金汤：宋代寨名，故地在今陕西志丹县北。白豹：宋代城名，故地在今陕西省吴起县北。折姜：不详。

㊿吴用三师破楚之策：春秋时楚申公巫臣娶夏姬而逃之晋国，子反、子重与巫臣有隙，借机灭了巫臣的家族。巫臣为了报仇，帮助吴国训练军队，让吴国不断进攻楚国，使子重和子反顾此失彼，疲于奔命。（见《左传·成公八年》）。

51矧：况且。生事：制造事端。

论复置丰州劄子[①]

［宋］司马光

臣等伏见国家复置丰州故城，仍差人知州。此城河西[②]险要之地，修之甚便。然其地势孤绝，外迫寇境。乡者王氏知州[③]之时，所部蕃族甚众，有永安、来远、保宁三寨，皆以蕃族守之。

庆历初，拓跋元昊攻陷州城[④]，州城民及三寨蕃族尽为所虏，扫地无遗。今州城之中，但有丘墟瓦砾，环城数十里皆草莽林麓而已。若建以为州，则须复设外寨，备置官吏，广屯兵马，多积刍粮[⑤]，皆应调发内地之民以奉之[⑥]，劳费甚大，此所谓徇[⑦]虚名而受实弊也。

顷年朝廷欲修丰州城，河东经略司[⑧]嫌其单外，乃于其南数十里筑永宁堡。其地洼下，居两山间，疏恶[⑨]难守。今既修丰州，则永宁堡深在腹内，无所复用。臣等以为若迁永宁堡于丰州故城，其兵马刍粮不便增益，但择使臣有材略者使守之，不必假以知州之田，仍召募蕃、汉之民，使垦辟[⑩]近城之田，俟民物繁庶皆如其旧，然后升以为州亦未晚也。取进止。

作者简介

司马光，字君实，陕州夏县（今山西夏县）人。宋仁宗宝元元年（1038）进士，任天章阁待制兼侍讲、知谏院。因坚决反对王安石变法，出知永兴军。后退居洛阳，主持编写《资治通鉴》。哲宗即位，入朝为相，尽废新法。卒谥文正，追封温国公。有《司马文正文集》。

注释

①本文选自《传家集》（《四库全书》本卷二十三）。作于仁宗嘉祐六年（1061）十二月。丰州：宋代州名。北宋开宝初置，庆历元年（1041）为西夏攻占。嘉祐时复置，移治所府州之梦泊川（今陕西府谷西北）。劄子：古代官员向皇帝或上级进言议事的公文形式。

②河西：指今山西、陕西两省间黄河南段之西，即陕北的北部地区。

③乡者：以往，过去。王氏知州：指王余庆任知州时。《宋史·地理志》云，丰州有寨二：永安、保安。不见有来远。

④《续资治通鉴》（宋纪四十三）：庆历元年“元昊陷丰州，知州王余庆，权兵马监押孙吉、指使侯秀死之”。拓跋：元昊祖先本姓拓跋，唐时被赐姓李，故云。

⑤刍粮：粮草。刍，喂牲口的草。

⑥调发：调取征发。《汉书·王莽传》：“调发诸郡兵谷。”奉：供给。

⑦徇：顺从。

⑧河东经略司：河东安抚司，为掌管河东路兵民之事的最高地方机构，长官为经略安抚使。

⑨疏恶：指位置远隔、地势不利。

⑩垦辟：开垦荒地。

参考文献

[1]《习近平在文艺工作座谈会上讲话》，新华网（www. xinhuanet. com）2014 年 10 月 15 日。

[2] 习近平：《大力弘扬伟大爱国主义精神，为实现中国梦提供精神支柱》，《人民日报》2015 年 12 月 31 日。

[3]《习近平论爱国主义——十八大以来重要论述摘编》，《党建》2016 年第 2 期。

[4] 郭艳华：《宋夏战争与北宋文人士大夫精神品格的形成及其文学呈现》，《宁夏师范学院学报》2010 年第 5 期。

[5] 郝延寿、武文义：《陕北历代诗选》，陕西人民教育出版社 1993 年版。

[6] 胡大浚：《边塞诗之涵义与唐代边塞诗的繁荣》，西北师范学院中文系、西北师范学院学报编辑部编《唐代边塞诗研究论文选粹》，甘肃教育出版社 1988 年版。

[7] 胡大浚、马兰州：《七十年边塞诗研究综述》，《中国文学研究》2000 年第 3 期。

[8] 黄麟书：《宋代边塞诗钞》，台北学生书局 1989 年版。

[9] 金铮：《文官政治与宋代文化高峰》，《国际宋代文化研讨会论文集》，四川大学出版社1991年版。
[10] 李定一：《中华史纲》，北京大学出版社1997年版。
[11] 李善阶：《论边塞诗的时代精神与历史作用》，《山东社会科学》1996年第3期。
[12] 李泽厚：《美的历程》，生活·读书·新知三联书店2009年版。
[13] 刘向斌：《历代陕北诗歌辑证》，陕西人民出版社2008年版。
[14] 鲁翰：《米脂古代诗词读本》，大众文艺出版社2010年版。
[15] 北京大学古文献研究所编：《全宋诗》，北京大学出版社1998年版。
[16]《全唐诗》，上海古籍出版社1986年版。
[17] 任文京：《中国古代边塞诗史》，人民出版社2010年版。
[18] 尚永亮：《唐宋诗分类选讲》，高等教育出版社2007年版。
[19] 佘正松：《边塞诗选》，凤凰出版社2012年版。
[20] 佘正松：《边塞诗研究中若干问题刍议》，《文学遗产》2006年第4期。
[21] 刘扬忠等主编：《宋代文学研究年鉴（2002—2003）》，武汉出版社2005年版。
[22] 王金伟：《宋代边塞诗词文献及其研究评述》，《兰州文理学院学报（社会科学版）》2015年第3期。
[23] 阎福玲：《边塞诗及其特质新论》，《河北师范大学学报（哲学社会科学版）》1999年第1期。
[24] 叶朗：《美学原理》，北京大学出版社2009年版。

[25]〔元〕脱脱等撰:《宋史》,中华书局 1985 年版。
[26] 张廷杰:《第三届宋代文学国际研讨会论文集》,宁夏人民出版社 2005 年版。
[27] 张廷杰:《论梅尧臣的边塞诗》,《宁夏大学学报(哲学社会科学版)》1998 年第 1 期。
[28] 郑家治:《古代诗歌史论》,巴蜀书社 2003 年版。
[29][日]衣川强:《宋代文官俸给制度》,郑梁生译,台湾商务印书馆 1977 年版。